U0947221

平和简静

潘育萍 著

上海社会科学院出版社
SHANGHAI ACADEMY OF SOCIAL SCIENCES PRESS

潘育萍，浙江杭州市人。中共中央党校研究生院政治学专业研究生毕业，现任浙江省公务员局副局长，浙江省杂文学会副会长。

15 岁参军，为海军军医学校学员。后任海军航空兵海口场站宣传干事，考入海军政治学院深造。毕业后任海军东海舰队政治部政研室副营职干事等。1993 年转业后历任浙江省劳动厅团委书记、妇委会主任、厅办公室副主任、厅人教处处长，2006 年下派海盐，任海盐县委常委、副县长等职。

本书收录了作者自 19 岁发表第一篇作品以来，在报纸杂志发表的部分论文、散文、杂文、理论研究文章、诗歌及黑白画、水粉画等，体现了作者在工作中善于钻研，多有建树外，业余爱好广泛，习静、习书、习画、习思的人格风貌。

1986

海军女战士(海口)

1988

海军女干事（杭州）

1989 海军女学员（大连）

1992 海军女中尉（宁波）

— **1996** — 宅于家中（杭州）

— **2001** — 赴新西兰出席中西妇女论坛途中(新西兰)

2002

游览姑苏（苏州）

2009

挂职海盐（海盐）

2011 接受浙江电视台记者采访（杭州）

2012

我和同学薛月姊在中央党校研究生院

2016 G20 峰会会址（杭州）

序言

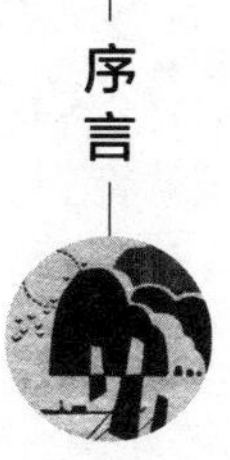

育萍是个平和简静的人。

平民的育萍，本分做人，始终坚守纪律、法律、道德的底线，努力修养与实践。立足本职，敬业爱业，行得正，吃得香，睡得甜，走得健，谓之幸福人生也；

平和的育萍，童年、少年、青年走过，步入中年。学业、事业、责任、使命拼过，喜、怒、哀、乐润过……平和简静，宠辱不惊，谓之快乐境界也；

平实的育萍，工作之余，除了努力尽好婚姻中女性家庭内外的相应义务外，常常习惯安静独处。一炷清香，一袭白裙，一束百合，在家读书写作；或一席草地，一级台阶，一方沙土写生创作；或走进企业、农村、院校、部队、机关、事业单位等，调研学习，深入社会，感悟人生。育萍的文章和绘画作品或大声疾呼，或讴歌美好，或清丽壮阔，满满正能量，谓之业余爱好也。

育萍的过去，寻寻觅觅，铺叙人生。

育萍的将来，继往开来，深水静流！

徐惠萍

2016年8月2日写于杭州

目录

第一部分

梦里军营

不敢告别

"妈妈，我回来了！"将小提箱往客厅一放，我就嚷开了。屋里静悄悄的。爸爸从房间出来，朝我笑笑，笑得十分勉强。"小萍，没吃饭吧，我给你去做。"

我奔向妈妈的房间，面色灰黄、颧骨突出的妈妈独自坐在床上，深情却无神地看着我。她嘴唇颤动着，想说什么，但终于没有开口。四目相对，只是默默地坐着。少小离家，这样的氛围很少很少有过。

我心里滋生出一种不祥的预感，便强忍着泪水，傻乎乎地冲着大衣橱做了个鬼脸。妈妈还是没有被我逗乐，我内心好失望好着急！

我沮丧地走向厨房，问爸爸：妈妈究竟患了什么病？

爸爸端着热腾腾的面条说："快吃吧，别多想了。"

我怎么吃得下呢？见爸爸又到妈妈房里去，我就急切地走到爸爸的书房，悄悄地把门关上，拉开抽屉，找

原载《浙江日报》1991年2月3日。

到了妈妈的病历。

超声波检查确诊：肝癌待查。看那落款，距今已8个多月了。而爸妈来信，却总告诉我家里一切都好。

15岁那年，我告别西子湖畔，到天涯海角当了一名女水兵。在妈妈眼里，我永远是一个长不大的乖女儿，寄衣服，寄食品，寄书籍……没完没了地寄，部队却总是退，退，退！军规哪容得下你寄这寄那。

每年一次回杭州休假，妈妈总是对我说：每个夜晚，妈妈总要从电视荧屏上看看我所在部队驻地的天气预报……

每次上街，妈妈总要留意街上那些女孩的流行服饰，帮我选购服装、首饰什么的，让我回杭州休假那20天，享受一下都市女孩的生活……

每次吃饭，妈妈总要指责我，哪来那么多的减肥健美的理论？难得回家，还不多吃点……

每次看报，妈妈总要找找是否有我的文章。读到了，一阵高兴后便又担心我熬夜受苦……

今夜，妈妈什么也没对我说。我自个儿对自个儿重复地说着妈妈以前说过的话，泪水湿透了我的衣裳。我多想抱着妈妈哭一场，让妈妈原谅我这迟到却滚烫的泪水啊！

翻来覆去想了一晚上，这次出差途径杭州，任务还未完成，留下来陪伴妈妈，还是明晨离家？黎明终于来了，我悄悄地为妈妈掖好被子，违心地对妈妈淡淡一笑。

我是水兵，蔚蓝色的大海在召唤我。我悄悄走出房门，生平第一次不敢与妈妈告别。

海韵　　潘育萍 作

女兵的情愫

你，开始剪掉那头秀美的长发，留给自己不太喜欢的一片黑云，即便是流动的，也必须狠狠地束成短短的一把，像个大刷子。

肥肥大大的军裤，腿总会显得短些。军装上衣撑不起来，长长的盖过臀部，原本苗条的身材，也被衬得有点比例失调。

不定哪个周日，你购物走过都市街头，冷不丁有个调皮鬼喊一声“傻大兵”。而你还昂着头、甩着黑云，神气十足地在众人面前走过。回到营区，你愤愤然，脱下军装，戴起贵人帽，蹬着高跟鞋，一会儿是装束明快的宽松衫，一会儿是文雅合体的职业装，一会儿是线条优美的连衣裙。体态优雅，迈着一字步，一展时装模特的风采。

噢！女兵，你在这个如花的年龄。你当然是爱美的。

原载《宁波日报》1990 年 7 月 30 日。

不再相聚，并不等于分离。

从军龄的第一天开始，你就有了分离之苦的人生体验。

分离，与故乡的悠悠笛声，与母亲的慈祥面容，与好友的含泪送行，与师长的热切期待……

你坦诚而沉重地告诉我，从泅入那片分离的苦海始，你每天都在默默地追寻“信”与“梦”的美好意境。

从营区午夜的阵阵梦呓，到起床号吹响的清晨，你的唇间都留着故乡、亲人、好友、师长的名字。

熄灯了。你说你躲在洗澡间、厕所；打着手电，趴在枕上；把你热了的那份思念，挤进信封里。静静的、悄悄的、切切的、久久的……

你养尊处优，娇生惯养。在家最爱睡席梦思，最爱吃巧克力，最爱听音乐……原本，你很会享受生活，也很懂得享受生活。

可是，步入军营，不管是烈日炎炎，还是寒风凛冽，你得站在队列里，像棵玉兰树，一动不动。踢起正步来，一脚下去就是一个泥坑。瞄靶射击，眼睛被灼光刺得直流眼泪，用手轻轻一擦，继续瞄准那瑰丽的梦。一天八小时训练下来，眼疼、腿酸、手连端饭碗的力气都没有了。你强忍着。匆匆吃完饭，赶去猪圈打扫卫生。然后，带着满身猪屎，跑回宿舍，换上军人的威严，等待着夜的降临……

潘育萍作

抹不去的男儿泪

军舰在无边无际的大海上航行。狂野不羁的海浪，一会儿把舰举上天，一会儿把舰按下水。

舰上，水兵们有的趴在桌上和椅上，有的蹲在舱边，不断摩擦的胃囊，早已将绿的胆汁、红的血丝全挤了出来……我紧紧握住缆绳，艰难地走到甲板上。刚抬头，正发现老方一手紧抓栏杆，一手捏一张随风乱舞的电报纸，两眼望着茫茫大海，似雕塑一般。蹒跚着走到他跟前，看清那电报纸上写着“速归见她”。我的心一下子沉重起来。

“家里要你回去看对象？”我问。

“可现在是演习，走不开的。”他脸仍对着大海，那双眼分明在渴望什么。

原载《钱江晚报》1992 年 11 月 5 日。

老方今年 32 岁，是个志愿兵。按军规，志愿兵一律不能在驻地找对象。过去他在当义务兵时，拼命干，无暇顾及个人问题。转志愿兵后，几次回家看对象，往往还未记清对方的脸，便被急电催归。当兵至今，老方告诉我，他从没有休过一次完整的假。

相隔千里，光靠纸上谈“情”，老方实在无法创造出爱情。希望有了又灭，灭了又有，唯独他那份魂系大海的情怀未变。我不禁紧紧握住他冰冷的手，相对无言。

泪水从这个 1 米 75 的标准身材、琴棋书画样样精通的老方脸上洒落甲板。男儿同样有泪——在一次海战中，他曾不顾自己救过一名战友的生命，那天，他也流过热泪。

冬去春来，潮涨潮落。他多次立功受奖，入了党并转为志愿兵。可是，水兵的生活也应该有家庭的阳光来照射，当老方看见不少同龄人已为人父，当他接受着八方投来的迷惑目光时，说心里话，他犹豫过。

然而，一踏上甲板，一看见大海，他便忘了一切，向大海挥洒着自己的深情。

“算了，等下次再说。”老方一挥手，那封电报随风飘落在大海。

望去，他眼角处闪烁着晶莹……

情寄蓝天（水粉）

潘育萍作

沉默不等于成熟

在机关工作时，我常随同政委一起下部队检查工作。

那时，我刚二十出头，自然与年轻的男女战士多些语言和联系。

他们曾坦诚地向我流露，自己刚从地方来到军营，没有任何可炫耀的经历，只是渴望尽早地在军营中成熟起来。

他们伏在桌上，寻觅于茫茫书海；

他们苦苦思索，探求对生活的认识；

他们侃侃而谈，发表对事物的见解。

可是不久，“这年轻人不成熟！”的评语铺天盖地地飞来。

他们糊涂，他们观察，他们顿悟：沉默就是成熟。

于是，他们默默地工作，一声不吭；恭恭敬敬地听指派，麻木不仁。

原载《人民海军报》1988年6月5日。

从外观看，他们似乎变得成熟了，多棱的石头，被岁月磨蚀得圆滑了。他们在形式上也进步了，立功、受奖、上军校、转志愿兵，都与自己结了缘。

然而，他们的内心却常常有种沉重的失落感，最宝贵的青春年华被“不成熟”三个字分割了。他们展望漫漫人生路，总有些不知所措。

近年来，我考进了海军政治学院，很难见到他们。可又总清晰地回忆起他们。我真想大声疾呼：沉默不等于成熟，成熟更需要思想。

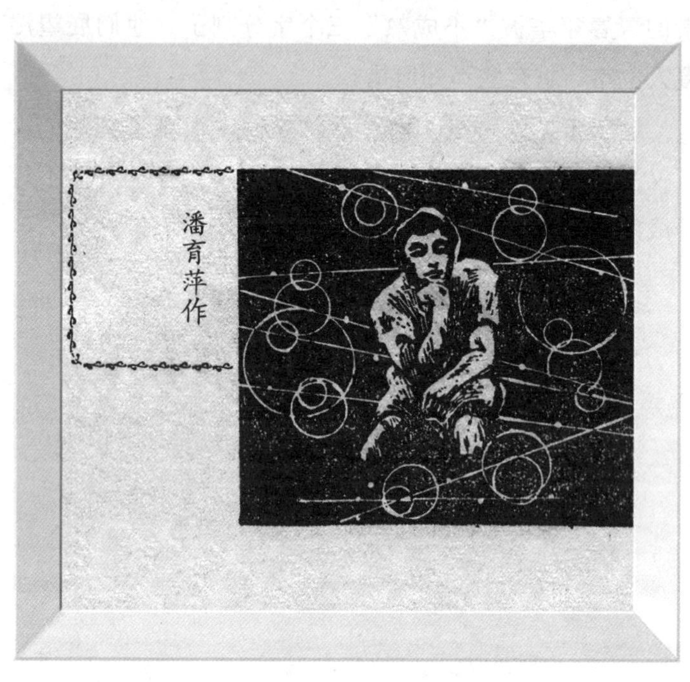
潘育萍作

充分发挥部队业余演出活动的作用

近年来，以“兵写兵、兵演兵、兵唱兵”为基本特色的部队业余演出活动日趋活跃。通过调查，我们认为当前部队业余演出活动主要应在三个方面充分发挥作用，即主动占领思想文化阵地，着力创造军营文化环境和积极影响社会文化风气。

一、保持鲜明的政治倾向性和思想先进性，主动占领军营思想文化阵地

业余演出活动融娱乐休息和宣传教育两个功能于一体。从整体上看，业余演出活动为官兵提供娱乐和休息是外在的、直接的目的，而其内在的、根本的目的是对官兵进行宣传教育、政治导向。认识不到这一点，就不可能自觉重视开展业余演出活动，也就不可能充分发挥

原载《海军政治工作》1991 年第 11 期。

它在占领思想文化阵地斗争中的重要作用。当前，部队业余演出活动发展不平衡，有些单位至今没有开展起来。在一些已开展业余活动的部队中，由官兵自己创作编写、反映部队现实生活的节目少，而从形式到内容都模仿一些格调不高的流行歌舞则占多数，结果是热闹有余而感染力、教育性不足。对业余演出活动功能的整体把握，要求我们既要看到它的娱乐休息功能，更要重视它的宣传教育功能。

在实践中，保持业余演出活动鲜明的政治倾向性和思想先进性，发挥它在占领思想文化阵地斗争中打主动仗、进攻仗的作用，首要的是抓好业余创作。“兵写兵”是业余演出活动的基础所在，也是它的魅力所在。基层业余演出活动中，真正受到普遍好评、使观众印象深刻的，是那些由官兵自编自演，虽不很成熟但有浓郁的部队生活气息，使人受到激励、感到振奋的节目。

二、坚持群众性和经常性，着力创造军营文化环境

军营文化的特征，是以广大基层官兵为主体，以开展群众性、经常性业余文体活动为主要方式，达到满足官兵精神文化需求，提高部队战斗力的目的。从占领思想文化阵地的要求着眼，业余演出活动更需充分体现群众性和经常性，以其形式活跃、影响广泛、感染力和渗透性强的特点，在军营文化环境的总体建设中显示和发挥作用。

在调查中我们感到，群众性和经常性不足，是目前

一些部队业余演出活动未能充分发挥作用的主要问题。一是不少单位的俱乐部组织不健全，没有成立演唱组；二是活动形式单一；三是缺乏对骨干的选拔、培养和留用。这些问题的存在，显然削弱了业余演出活动的群众性基础，难以保持经常性。

抓住群众性和经常性这两个基本要求，发挥业余演出活动在创造军营文化环境中的作用，根本的一条，是要落实《海军码头、机场俱乐部规范化建设实施意见》和《海军基层舰（连）俱乐部规范化建设实施意见》。落实了这些要求，业余演出活动就有了群众性、经常性的基础。具体的办法，通过实践可以不断探索和丰富。如在演出活动的组织上，一是不要限于由军以上机关组织，师、团每年也可以组织会演、调演；二是要使领导机关组织的会演、调演活动，成为年度业余演出活动中的高潮，起到发动、检查和推广的作用；三是各部队之间应开展交流，提高每台节目的效益，为官兵提供更多、更丰富的精神食粮。

三、积极影响社会文化风气

今年抗洪救灾期间，舟山基地后勤部队战士业余演出队与驻地文艺团体同台义演，募捐赈灾，展现了人民军队与人民“同呼吸、共命运、心连心”的情怀和风貌，使灾区人民深受鼓舞。业余演出活动走向社会，可根据形势和任务的需要，向社会推出相应主题的演出；与地方专业文艺团体、群众文艺团体联袂演出；在重大节日进行专场慰问演出；与共建单位举行联欢，等等。充分发挥业余演出活动积极影响社会文化风气的作用，首先要认清我军在社会主义精神文明建设中负有的历史责任，唤起强烈的使命感和责任感，发扬传统，振奋精神，有所作为。同时，在走向社会的实践中，要注意从社会文化中汲取营养，在普及的基础上不断提高，促使我军的业余演出活动搞得更好。

潘育萍作

女军人，请走出你的烦恼区

当兵十年来，接触过不少女军人。她们一个共同而清晰的感受就是：军营这个特殊环境使她们变得有头脑、有思想、不随波逐流；变得庄重、不浅薄、不轻浮。但是，女军人对生活、对事业的美好追求与环境之间的矛盾和冲突，却也深深地困绕着她们。

军营，是男子汉的世界。

生活在军营中的女军人，如若万绿丛中一点红，点缀着军营。男军人对女军人充满了神秘与新鲜的独特感觉。他们通过女军人了解了温柔与刚毅相济的美，却难以知晓女军人心中的烦恼与困惑。因为男军人不可能有女军人才有的感受。所以，他们也很难真正地去理解女军人。

十五六岁来到军营，还是一个天真浪漫的少女，无忧无虑。工作之余，想放松放松，便与自己比较熟悉的男军

原载海军政治学院主办《政工学刊》1989 年第 1 期。

人一起娱乐。于是，那些不甚熟悉的男军人出于妒意，后脑勺会冒出一连串非难：这个小女孩“不稳重”“疯疯癫癫的”云云。武警某部，一名从护校毕业的年轻女军人，聪明能干。该部领导“敢为天下先”，大胆用人，破例提升她为指导员。由于工作相当出色，很快又晋升为副教导员。可是，她相恋的“白马王子”——该部秘书处秘书，觉得恋人真正成了女强人，就不懂得体贴、照顾自己，不会有女性的温柔和细腻了。于是，“悬崖勒马”，把恋人调到“轻闲、舒适”的地方工作。还有，三十而立的女军人，在事业上为了获得一席之地，执着地追求着，寻找着独立于男人以外的生活圈子。然而，这却给民族性和历史性很强的家庭形式带来了威胁。如果她们比较注重修饰、穿着讲究，很有可能被猜疑为“作风不正”。遇上晋级之类的好事，总有人会抛出“这位同志，生活上……”而她们，在单位，有的是一名运筹帷幄的领导干部；有的是一名刻苦钻研的科技人员。在家中，她们又是不辞辛苦的妻子、母亲、媳妇、女儿，从心理到体力，都承受着沉重的负荷。非但得不到人们的理解，反而陷入了闲言碎语的包围之中。

为什么外面的世界已发展到电子时代，而军中女性还要为与异性一次正常娱乐、为一次入时的打扮、为一个执着的奋斗目标，迫于周围投来的不解目光、闲言碎语而束缚了自己的言行，从而走进烦恼区呢？

不幸是由不幸的观念造成的，不幸正由女军人缺乏自主意识而蔓延着。

女军人要走出烦恼区：

首先，要对闲言碎语不予置理。就像参加登山这项运动一样，当你在山脚，刚刚迈步准备登山时，会有人警告你注意悬崖峭壁；而当你登上山峰时，就会听到成功后的赞美！女军人面对闲言碎语，不也像登山运动一样吗？当你刚刚去追求那本应追求的东西时，闲言碎语包围着你；当你获得成功时，闲言碎语会销声匿迹，你会感到自己的追求是神圣的、充实的、辉煌的。

其次，必须打破传统观念的精神桎梏。女军人，尤其是女军官，她们是经济独立、政治独立的职业妇女，决不能产生自卑自弱的心理，更不能有依附从属的心理。试想一下，一个连自己都瞧不起自己的人，还有可能干出点事来让社会承认吗？如果整个中华民族的女性都有自卑自弱、依附从属心理，只靠我们的男性公民去实现四化，那不是可悲可叹吗？所以，事业型女性和贤妻良母并不矛盾，温柔不等同于失去个性、百依百顺。

再次，必须提高自己的情绪自控能力。当捕风捉影的闲言碎语向你袭来时，只要你对自己所追求的有正确的认识，你就不会因为闲言碎语而困扰了自己的情绪。古今中外，凡是能干成点事，造福后代的人，哪个不是用智慧、勇气去克服困难、去摆脱世俗的困扰，义无反顾地去追求、去拼搏、去献身的！如果你是个刚强的女军人，如果仍想在事业上有所作为，你就应保持自己的心理健康，泰然处之，一如既往，才能有利于自己聪明才智和潜在能力的发挥，成为一个生活的强者。

女军人，祝你坚定地走出烦恼区！

潘育萍　作

女政工干部出路安在？

随着我国政治体制和经济体制改革的深入，尤其是社会竞争机制的生成，军队中本来就寥若晨星的女政工干部的出路，牵动着她们那已经过于敏感的神经。但愿那严酷的现实纯属偶然或巧合。

——去年九月全军授衔的五名女将官中，竟无一名女政工干部。

——在校的，为将来的分配去向而“找关系，寻后门”，担心无接收单位。去年七月某学院毕业的6名女政工干部中，已有4名列入改行名单。她们终日为学非所用而苦闷。

——在职的，为“英雄无用武之地”而发愁。有1名连续4年被海军某基地评为“优秀党支部书记”的女指导员噙着泪水对笔者说：“成绩只能说明过去，而现在我渴望‘工作’。”无论到机关当干事，还是任营教

原载解放军政治学院主办《政工导刊》1989年第6期。

导员，我相信她不比男同志差。可精简整编，她与该基地仅有的其他 2 名女政工干部一起，无可奈何地被列为编余。

为什么会出现这种现象？我认为主要原因是军队中有权任用女政工干部的男同志存在消极的思维定势。两千多年封建文化对中国社会的影响，塑造了男性和女性不同的模式，男性模式多半坚强自立，开拓进取；女性模式多半温柔贤淑，循规蹈矩。时下的中国，仍摆脱不了父系文化的钳制，“夫治外，妻治内”的传统观念依然根深蒂固。再有对两性交往的扭曲观念，严重阻碍女政工干部在合适的岗位上立足。许多负责干部工作的同志认为：女政工干部不太适合在部队——男子汉们的世界里工作。他们的理由是：如工作需要晚上整理材料，一男一女在办公室共同切磋，人们就会有异样的眼光来看待他们；下部队检查工作，一男一女同行，互相关照，就不免一些“长舌妇”传播他们的“风流韵事”。正是这些落后的传统和多余的忧虑，使军队中有权任用女政工干部的男同志产生了女性不宜从政的消极思维定势。一旦要在本单位、本部门安排女政工干部，他们总是以各种理由拒绝接收。即使勉强接收下来，通常也总是让其担任“挂牌”式的职务，干一些杂务性的工作。

社会实践告诉人们：人从出生之日起，就学习前人的知识、技能和规范，从一无所知的生物逐渐变成能感、善思、有创造力的社会动物。这个逐步转化的过程，并没有性别差异，均是个人努力、环境和教育综合作用的结果。有任用女政工干部权力的男同志，如果能真正消除偏见，建立能挖掘女政工干部潜在能力的竞争环境，能建立合理使用女政工干部的组织机制，那么女政工干部同样能做出自己的贡献，同样有希望成为出类拔萃的人物。

女政工干部和所有成年妇女一样，除了干好本职工作外，还得担负人类繁衍、哺养子女的重任。这是为了进行人的再生产，决不是女政工干部的私事。然而，人们不但很少关注她们的切肤之痛，反而在选拔使用干部时，常以家务事多为借口，把她们拒之门外。人才学原理阐明：在人才的组合中，要坚持“个性互补”的原则。女政工干部除了好胜心强，工作细致、认真有韧性，有牺牲精神外，多半还具备温柔的性格。而这温柔的性格特征，可以起较好的协调作用。心理学研究结果还证明，女性的直觉思维能力优于男性。而这种直觉思维，又是紧急情况下的及时有效决策所离不开的。所以，如果能从政策上对政工干部构成的性别比例加以明确规定，就会充分发挥女政工干部的优势。

列宁说：“工人的解放应当是工人自己的事情。同样，女工的解放也应当是女工自己的事情。”军队中的女政工干部也应当确立自尊、自爱、自强、自信的意识，大胆地并且创造性地去工作，按改革提出的新要求来塑造自己，不断提高自己的适应能力，把军中女性从政的路子拓宽。

潘育萍作

第二部分

思想走笔

浅谈市场经济条件下的精神文明建设

党的十四大提出我国经济体制改革的目标是建立社会主义市场经济。这个宏伟目标的基础，是我们几十年来对社会主义的艰难探索，特别是十四年改革开放的实践结果。可以预见，在这个目标的指引下，蕴藏在亿万人民群众之中的社会主义建设热情必将得到极大的调动和发挥，市场经济必定很快得以发展壮大、高速运转，从而推动我国的经济建设跃上新台阶。在这样的形势下，社会主义精神文明建设的位置何在、怎样落实、情景如何，是值得我们认真思考的一个课题。

一、社会主义精神文明建设是发展社会主义市场经济的强大动力

江泽民同志在十四大报告中概括了建设有中国特色

原载海军东海舰队主办《政工简报》1992 年第 12 期。

社会主义理论的主要内容，在论及社会主义的发展动力问题时，他提出要“同经济、政治的改革和发展相适应，以‘有理想、有道德、有文化、有纪律’为目标，建设社会主义精神文明”。他还说“物质文明和精神文明都搞好，才是中国特色的社会主义”。十一届三中全会以来，党一直强调社会主义精神文明是社会主义的重要特征，始终坚持两个文明一起抓的方针。毋庸置疑，我国十四年改革开放之所以能有今天这样的成就，与社会主义精神文明的贯注和发展密不可分。物质文明为精神文明的发展提供物质条件和实践经验，精神文明又为物质文明的发展提供精神动力和智力支持。在社会主义市场经济蓬勃发展的条件下，精神文明也必须起更大的作用，以保证市场经济健康正常向前发展。总之，在建设有中国特色的社会主义的总目标下，发展社会主义市场经济与建设社会主义精神文明是相互配合、相互促进、相辅相成的。这是我们在整个建设有中国特色社会主义的过程中，都必须确立的发展战略和发展观念。

二、建设社会主义精神文明要体现在市场经济的具体环节上

邓小平同志提出的“四有”，是互为一体，不可割裂的，共同体现了社会主义的基本经济制度、政治制度对社会成员的政治觉悟、精神状态、道德风貌和文化素质的要求。在市场经济条件下，精神文明建设要能在生产、流通和消费等环节上得以具体体现。例如，这几年出现的企业

职业道德教育、企业文化建设等，都是精神文明教育的具体体现，随着市场的活跃与开拓，这方面的要求将愈益迫切。仍以职业道德为例。在发展社会主义市场经济过程中，社会分工日益细密，各行各业都有不同的道德意识和道德要求，都应有具体而明确的职业道德规范。一定的职业规定了一定的职业道德，一定的职业道德规定了一定人对整个社会主义现代化事业所应承担的具体的道德素质。与社会其他职业的人一样，军人也有军人的职业道德。军队精神文明建设的一项重要任务就是要在社会主义市场经济的条件下，进一步明确职业道德规范，强化军人职业道德意识。随着社会生活的变化，军人生活无疑也会发生变化。但只有在市场经济条件下不断加强精神文明建设，才能使我们的军队建设既有可靠的社会保障，又有军人内心世界的道德力量支持而得以稳步发展。

三、社会主义精神文明建设在市场经济条件下任重道远

历史唯物主义告诉我们，当观察、研究人们的精神生活、精神领域的现象时，都不能离开社会经济条件的变化，离开社会基本实践而作独立、抽象的考察。马克思、恩格斯在《共产党宣言》中指出："人们的观念、观点和概念，一句话，人们的意识随着人们的生活条件、人们的社会关系、人们的社会存在的改变而改变，这难道需要沉思才能了解吗？""思想的历史除了证明精神生

产随着物质生产的改造而改造，还证明什么呢？”显然，物质文明与精神文明的发展具有相关性。随着我国经济建设的发展，物质文明登上新台阶，精神文明也必将达到一个新的层次。但是，社会存在决定社会意识，社会意识反作用于社会存在。精神生产随着物质生产的改造而改造，当物质生产发生深刻而巨大的变化时，精神生产也将随之发生变化，并为适应这种变化不断解决人们的社会精神问题、社会意识和思想观念问题，倘若精神文明适应不了变化的要求，势必对物质文明的发展产生滞缓乃至损害。同时，我们还要认识到，市场经济作为经济机制，无所谓资本主义或社会主义，但资本主义条件下的市场经济与社会主义条件下的市场经济，还是有区别的，况且市场经济具有自发的种种弊端。因此，建立社会主义市场经济的同时，大力加强社会主义精神文明的建设，是我们的重大政治优势，任重道远，大有可为。

文化生活
潘育萍作

人权与社会保障

中华人民共和国成立以来，在中国共产党的领导下，中国在人权保障方面取得了可喜的进展。笔者试图在本文中运用政治学的分析方法，选择人权与社会保障这一课题为研究对象，着重就建立完善中国社会保障制度作些理性思考。

一、人权与社会保障的基本概念

（一）人权和社会保障的基本概念

1. 人权的基本概念

人权就是按人的本质享有或应当享有的权利。《世界人权宣言》（以下简称“《宣言》”）规定：“每一个人，不分种族、肤色、性别、语言、宗教、政见或其他主张、国籍和门第、财产、出身或其他身份的区别，都有资格享有本《宣言》规定的一切权利和自由。”

原载《领导干部论丛·关注浙江发展》2003年8月。

人权是一个历史发展的概念。在人类历史上，第一次把人权明确作为政治法律概念提出来，是在欧洲近代资产阶级革命时期。17、18 世纪的欧洲启蒙思想家荷兰政治法律思想家格劳秀斯（1583—1645），英国著名哲学家洛克（1632—1704），法国哲学家卢梭（1712—1778）等第一次明确提出了天赋人权理论。

社会主义人权概念形成是人权概念发展的第二个阶段。资产阶级革命胜利后，确立了资本主义民主制，这是一个历史的进步。但是资本主义制度限制了人权价值的充分体现，资产阶级人权在理论和实践中都是不彻底的，自相矛盾的。法律上的平等是以事实上的不平等为内容的，金钱的特权代替了封建的世袭的特权，正如马克思指出的那样，从本质上讲，这种人权是资产阶级的特权。在这种时代背景下，无产阶级也在马克思主义的指导下，提出了自己的人权口号。马克思说：无产阶级的解放，“不能再求助于历史权利，而只能求助于人权”。平等不仅应体现在政治领域，也应扩大到经济和社会生活的一切方面。马克思主义第一次科学地揭示出：只有消灭阶级才能达到真正的平等和人权。“真正的自由和真正的平等只有在共产主义制度下才能实现。”在马克思主义人权观的指导下，争取人权成为无产阶级革命的重要组成部分和追求目标之一。

社会主义从空想到科学，从理想到现实，一个重要的内容就是社会主义人权观的出现和付诸实践。1918 年俄国的《被剥削者劳动人民权利宣言》，就是人类历史上的第一个社会主义人权宣言。以后的苏联宪法是它的进一步发展。中国和其他国家建立的社会主义制度，在人权立法方面，也属于这种类型。社会主义的人权实践，使占社会人口绝大多数的工人阶级和其他群众享有了广泛的基本人权。经济、社会、文化权利和政治权利一起被宣布为人权的基本内容。今天，这两大类人权都受到国际人权法的肯定和保护。

2. 社会保障的基本概念

“社会保障”一词最先出现在美国1935年颁布的《社会保障法》中，其英文原意是“社会安全”。后来，有人将其翻译为“社会保障”也有人译为“社会安全”。社会保障是指国家通过立法，积极动员社会各方面资源，保证无收人、低收人及遭受各种意外灾害的公民能够维持生存，保障劳动者在年老、失业、患病、工伤、生育时的基本生活不受影响，同时根据经济和社会发展状况，逐步增进公共福利水平，提高国民生活质量。它包括社会保险、社会救济、社会福利等内容。

在人类古代就产生了社会保障的思想萌芽。例如：大约在公元前6世纪，儒家学者就提出了“大同”社会的理想，在这种社会里，“人不独亲其亲，不独子其子；使老有所终，壮有所用，幼有所长，鳏寡孤独废疾者皆有所养。”古希腊哲学家柏拉图在其《理想国》中也作了类似的设想。

19世纪后半期，无产阶级在与资产阶级的斗争中，提出了“要使社会人口绝大多数的工人阶级和劳动群众享有广泛的基本人权（包括经济、社会和文化权利）”。资产阶级为了缓和社会矛盾，建立了社会保障制度。从19世纪末以来，许多国家都逐步建立了社会保障制度。

（二）人权与社会保障的关系

社会保障不仅是人权不可缺少的重要组成部分，而且在人权维护中起着十分重要的作用，探索人权与社会保障的关系意义十分重大。

1．社会保障是人权不可缺少的重要组成部分

人权的基本内容主要有两个方面：第一，公民权利与政治权利；第二，经济、社会及文化权利。而经济、社会权利由劳动权与休息权、社会保障权、财产权、受教育权等组成。我国《宪法》《世界人权宣言》《经济、社会及文化权利国际公约》等对社会保障权的表述则非常具体和广泛。如：我国《宪法》在第四十五条中明文规定：“中华人民共和国公民在年老、疾病或者丧失劳动能力的情况下，有从国家和社会获得物质帮助的权利。国家发展为公民享受这些权利所需要的社会保险、社会救济和医疗卫生事业。国家和社会保障残疾军人的生活，抚恤烈士家属，优待军人家属。国家和社会帮助安排盲、聋、哑和其他有残疾的公民的劳动、生活和教育。”又如：《世界人权宣言》第二十二条规定：“人既为社会之一员，自有权享受社会保障，并有权享受个人尊严及人格自由发展所必需之经济、社会及文化各种权利之实现。”第二十五条规定：“人人有权享受其本人及其家属康乐所需之生语程度，举凡衣、食、住、医药及必要

之社会服务均包括在内；且于失业、患病、残疾、寡居、衰老、或因不可抗力之事故致有他种丧失生活能力之情形时，有权享受保障。”再如：《经济、社会及文化权利国际公约》第九条规定：“本盟约缔约国确认人人有权享有社会保障，包括社会保险。”第十一条规定：“本盟约缔约国确认人人有权享受其本人及家属所需之适当生活程度，包括适当的衣食住及不断改善之生活环境。”应该说，社会保障不容置疑地成为人权不可缺少的重要组成部分，并且已经成为中国及世界上大多数国家的共识。

2．社会保障制度在人权维护中起着十分重要的作用

社会保障制度在人权维护中起着十分重要的作用，具体表现为：（1）政治作用。政权的巩固依赖于一定利益关系的平衡。由于现代社会生活的复杂性，形成安定的政治局面，需要以社会保障来及时调整各种矛盾，保证社会成员利益不受侵害，切实保障人权。从这种意义上讲，社会保障是现代社会的安全阀。（2）社会作用。主要表现在保障国民最低生活标准，防止国民陷入贫困，减少贫富差别，以解决社会矛盾和协调国家与公民之间的合理关系。（3）经济作用。主要表现为所得的合理分配，按照一定的社会保障费，对其基本生活需要和社会权利予以保障。悬殊的贫富差别是对人权价值的破坏，或者违背人权的基本原则。因此，通过社会保障“使贫富之间的收入差距有某种缩小”。比如，据 1982 年统计，在英国按最初收入计算，收入最低的 20 户家庭，平均每

户收入146英磅，收入最高的20户家庭，平均每户收入17386英磅，两者相差为1:120。但通过补贴和纳税的增减之后，分别变成了3224英磅和12258英镑，两者相差缩小为1:4。这种收入的均等化，虽掩盖了一些实质问题，但从人权保障的意义上讲还是有价值的。笔者认为，实现了社会正义，维护了弱者利益，体现了平等。

二、中华人民共和国社会保障制度改革的成就和问题

（一）中华人民共和国社会保障制度改革的成就

中华人民共和国的社会保障制度，其产生与发展经历了五个时期，取得了显著的成就：

第一，创建时期（1949—1956年）。这个时期，首先是建立社会保障管理机构，在政务院下设立了劳动部和内务部；其次是在颁布各项社会保障法令、条例、方针、政策的基础上，初步建立了中华人民共和国的社会保障制度。它包括社会保险、社会救济、社会福利和社会优抚等内容。

第二，调整时期（1957—1966年）。这个时期，为了适应社会主义经济建设发展和实现第二个五年计划任务的需要，对社会保障制度进行了调整。其目标是将企业职工的社会保险制度和国家机关事业单位职工的社会保险制度统一起来。为此，颁布了一些社会保障政策和法规。这个阶段，通过一系列调整，促进了我国社会保障制度的发展。

第三，停滞时期（1966—1978年）。在“文化大革命”时期，由于错误思想的干扰，我国社会保障事业也受到了一定影响，甚至受到严重的挫折和破坏。其主要表现是社会保险管理机构被撤销，劳动保险基金的统筹、运用、调剂和管理制度被中止，社会保障事业处于无人管理的状态，社会保障变成了企业保障。这严重地阻碍了中国社会保障事业的发展。

第四，改革时期（1978—1993年）。党的十一届三中全会制定改革开放总方针，它指导着我国各项工作的发展。在改革开放基本国策的指导下，我国的社会保障事业也进入了新的发展时期。为了发展社会保障事业，一方面进一步明确社会保障在社会主义建设中的地位、作用和发展方向；另一方面对现行的社会保障制度进行改革。为此，国家颁布了一系列社会保障政策和法令。主要的是：（1）修改了退休、退职制度；（2）实行退休费社会统筹办法；（3）修改了国家工作人员的病假待遇和死亡遗属的抚恤待遇；（4）改革公费医疗和劳保医疗制度；（5）制定了国营企业职工的待业保险制度；（6）制定了劳动合同制工人退休养老保险制度等。

第五，发展时期（1993—）。1993年党的十四届三中全会作出了《关于建立社会主义市场经济体制若干问题的决定》，这一决定不仅指明了社会保障体系包括社会保险、社会救济、社会福利、优抚安置、社会互助、个人储蓄积累保障，而且还指出了建立新型社会保障制度的目标、原则和途径。

1994 年 11 月，国务院批准江苏省镇江市、江西省九江市职工医疗保障制度改革试点方案，改革的主要内容是建立医疗保险基金制度，实行国家、单位和个人三方合理负担，同时还要建立个人医疗账户。

1995 年 3 月，国务院发布了《关于深化企业职工养老保险制度改革的通知》，推荐两种“统账结合”的改革方案供各地选择试点。这是我国社会保障制度在改革上的创新。

1997 年 7 月，国务院发布了《关于建立统一的企业职工基本养老保险制度的决定》。它明确了建立统一的企业职工基本养老保险制度的方针、政策、原则、措施和办法。

1997 年 9 月，党的十五大报告指出，当前和今后一个时期，社会保障改革的主要任务是“建立社会保障体系，实行社会统筹和个人账户相结合的养老、医疗保险制度，完善失业和社会救济制度，提供最基本的社会保障”。这些社会保障方针和政策有力地推动了我国社会保障事业的发展。

1999 年 9 月，党的十五届四中全会通过的《关于国有企业改革和发展若干重大问题的决定》中指出：加快社会保障体系建设，是顺利推进国有企业改革的重要条件；要依法扩大养老、失业、医疗等社会保险的覆盖范围，城镇国有、集体、外商投资、私营等各类企业及其职工都要参加社会保险，缴纳社会保险费。这是一个跨世纪的战略决策。

2000年3月，朱镕基总理在九届全国人大三次会议上所作的《政府工作报告》强调：建立健全社会保障体系，关系改革、发展、稳定的全局，意义重大，刻不容缓，必须切实抓紧抓好。他指出：当前，要坚持和完善国有企业下岗职工基本生活保障、失业保险和城镇居民最低生活保障的“三条保障线”制度。在此基础上，积极创造条件，向健全的社会保障体系过渡。

在这些理论和政策的指导下，我国社会保障制度建设取得了很大的发展。截至2000年底，为维护劳动者的社会保障权利，中国初步建立了以城镇职工基本养老保险、基本医疗保险、失业保险为主要内容的社会保险制度，提高了国有企业下岗职工基本生活保障、失业保险和城镇居民最低生活保障的水平。到2000年底，全国所有城市和县人民政府所在镇已全部建立了城镇居民最低生活保障制度，共有381.8万城镇居民得到了最低生活保障救济；有15个省、自治区、直辖市建立了农村居民最低生活保障制度，300万村民获得最低生活保障救济，发放保障金7.3亿元。2000年，中国财政大幅度增加社会保险支出，仅中央财政就安排养老、失业、下岗职工基本生活保障和城镇居民最低生活保障等社会保障支出478亿元，比1999年增长86%。到2000年底，全国有10408万职工参加失业保险，月平均领取失业保险金人数为188万人；有10447万职工和3170万离退休人员参加了基本养老保险；有4300万职工参加了基本医疗保险；有2000多个县、市建立了工伤保险制度，覆盖职工4200

万人；27 个省、自治区、直辖市试行了生育保险，1412 个县、市实行了生育保险费用社会统筹，约 3000 万职工参加了生育费用社会统筹。

（二）中华人民共和国社会保障制度改革的问题

中华人民共和国成立以来，特别是改革开放以来，我国社会保障制度改革取得了巨大的成就，但因为多种因素的影响，仍存在许多不足。

1. 没有完全把社会保障权确认是一项基本人权

尽管近年来社会保障权是一项基本人权，是我国在人权问题上一再申明的基本立场，我国也已在 2001 年 2 月批准了《经济、社会及文化权利国际公约》，但是中国社会保障制度改革的基础理论定位仍存在偏差，多年来一直将社会保障制度改革视作解决社会问题（如人口老龄化问题、失业问题、贫困问题、伤害问题等）的手段，而没有在制定社会保障政策时把社会保障权完全确认是一项基本人权，没有把社会保障权确认为是全体中国人都应该享受的权利，是一种正当的、合理的权利。世界大势浩浩荡荡，建立完善的社会保障制度早已成为二十世纪中后期以后国际社会保障发展的方向，而中国旧式的对社会保障制度改革的基础理论定位弊端明显，现行中国社会保障的政策安排都和这一定位有关。具体表现为：人为地将中国人的社会保障分为三六九等，如公务员、职工、农民等不同身份的人的社会保障大相径庭。公务员享有较好的社会保障，公费医疗待遇比较完善，退休能获取可观的养老金；职工有享受基本的医疗、养老福利、失业救助等；农民几乎无法像公务员、职工那样享受社会保障，农民几乎没有养老、医疗、失业、生育等社会保障，最低生活保障救济的享受对象也只是应该享受的农民阶层中很小的一部分。

2. 统一的社会保障制度与各地不同的经济发展水平不相适应

中国社会保障制度的核心是社会保险，而养老保险又是社会保险的重中之重，已走过了53年的风雨历程，一直受到党、政府和人民的高度关注。笔者在浙江省劳动和社会保障厅工作，想以浙江省的养老保险情况为例来阐明上述观点。浙江省各县市之间经济发展不平衡，经济发达市县人均GDP已达到3000美元，而落后县市人均GDP尚不足1000美元，差距很大。从理论上讲，养老保险制度在一个省乃至全国的范围内应该是统一的，但实际情况是，制度的统一带来待遇的较大差异，如发达市县，以全省职工平均工资为基数计发养老金，就会感觉到养老金待遇偏低，使退休人员心里感到不平衡。浙江省宁波市2000年退休人员月人均养老金621元，替代率只有60%多；经济欠发达县市，由于工资水平相对较低，以全省职工平均工资为基数计发养老金，就会使养老金替代率偏高，不少退休人员养老金已超过在职职工工资水平，如浙江衢州一些县市，养老金替代率已超过100%。为此，不少困难企业职工千方百计地要求提前退休。

3. 社会保障的覆盖面不广，分担风险的能力较低

养老保险

伴随着经济体制改革力度的加大，我国传统意义上的国有企业、集体企业在国民经济中的比例下降很快。据统计，1978 年全国国有经济在二、三产业中所占比例为 2/3，1996 年降为 1/3 以下。如：作为东南沿海地区，浙江省个体、私营、乡镇企业和外资企业等经济成分更是起步早、发展快，在国民经济中占有相当重要的地位。据统计，在全部工业产值中，1997 年浙江省国有、集体与非公有制经济的比例，已从 5 年前的 87.7 12.3 调整为 53∶ 47，初步形成“一半对一半”的格局。但现行企业职工养老保险制度实施范围仍局限于国有、集体企业为主。国有集体企业因历史较长，职工年龄结构日益老化，基金支出加大，迫使提高缴费比例；其他经济成分的职工年龄结构比较年轻，但其大多数职工又未纳入养老保险实施范围。这样，既加重了国有、集体企业的负担，影响不同所有制企业之间的公平竞争；也不利于维护全体企业职工的合法利益，缓解人口老龄化的负面影响，为今后的社会稳定留下了难题。养老保险改革存在的另一个突出问题是纳入统筹范围的在职职工大量萎缩，经济结构调整和转制力度的加大，减人增效的实施，使隐性失业显性化，国有、集体企业下岗分流和失业人数增加，就业人数和养老保险参保人数减少很快。

失业保险

社会保险制度比较成熟的国家，失业保险的覆盖面很广，一般只要是成年的雇员，接受过职业培训的青年都是受保对象。有的国家甚至还包括一些特殊群体，如刑满释放犯、侨民、被遣返者、政治难民等。而我国的失业保险目前受保范围主要是国有大中型企业职工、集体企业、私营企业、三资企业、乡镇企业等参与程度很低，这种不平衡现象不利于人才自由流动和经济的协调发展。

农村社会保障

与发达国家不同，我国人口众多，农业人口比重相当高，除了小部分村民获得最低生活保障救济和享受农村养老保险外，占总人口80%以上的农村人口长期与社会保障无关，仅靠家庭保险。如果不解决这一部分人的社会保障问题，社会保障制度改革的成效很难评判。特别是近年来农民收入的提高和部分农村城市化进程的加快，农民的保障要求提高。外出打工人数的增多又使身处异乡的农村工人的保险问题成为一个新课题，而目前这种保障启动滞后，进展缓慢。

医疗保险

2001年7月，国务院召开了全国城镇职工基本医疗保险制度和医药卫生体制改革工作会议，进一步明确了医疗保险的有关政策和任务，各级劳动保障部门厘清工作思路，以大城市为重点抓医疗保险的启动实施。截至2001年10月，全国91%的地区启动实施，这些启动实施的地区，只是保障了原实行公费、劳保医疗的单位和其他符合条件的单位及职工。

另外，工伤失业保险、城镇居民最低生活保障制度均在逐步推行过程之中，但覆盖面距“全覆盖”的要求差距甚远。社会救济、社会福利事业也有待完善。

上述社会保障的覆盖面不广，使社会保障抗风险能力很低。

4. 社会保障统筹层次较低，调剂范围有限

社会保障统筹层次较低，调剂范围有限，目前已成为制约中国社会保障制度改革的一个重大问题。如：目前浙江省企业职工养老保险社会统筹仍以市县为单位，统筹层次低，基金调剂范围小，抵御风险的能力较弱。由于基金调剂范围小，在遭受重大自然灾害时，部分地区离退休人员的基本生活难以保障，还有的市县企业职工年龄结构老化或困难企业比较集中，靠自身收支养老金已难以为继。1997 年浙江省企业职工养老保险基金当年收不抵支的市县已达 23 个，当年基金累计赤字 8000 多万元。地区之间的经济发展不平衡、职工年龄结构不平衡，因未实行省级统筹，各地企业养老保险负担畸轻畸重，高的市县企业缴费比例达 30%以上，低的地区企业缴费比例仅为 14%，各地筹资比例也很不均衡。为深化养老保险制度改革，扩大基金的调剂范围，增强养老保险抵御风险的能力，加快实行企业职工基本养老保险省级统筹已迫在眉睫。

实践中，社会保障的其他险种也都存在这一问题。

5. 社会保障基金收缴困难，影响社会保障金正常发放

我国当前正处于由计划经济体制向社会主义市场经济体制转轨的关键时期。面对体制转轨、经济转型和结

构调整，当前企业生产经营普遍困难，我国许多企业亏损乃至破产、解散，工资发放也很困难，社会保险基金更是无力缴纳。同时因立法滞后，社会保险经办机构缺乏强制的征缴手段，企业欠缴、少缴或拒缴的情况时有发生，社会保险基金收缴难度很大。如：到 1998 年底，浙江省企业累计拖欠养老保险费已达 4.5 亿元，其中当年欠缴 2.56 亿元，有 39 个市县基金当期收支难以平衡。为确保企业离退休人员养老金的按时足额发放，许多市县不得不动用历年结余基金。到 1998 年底，浙江省历年滚存结余基金的支付能力已由 1997 年的 10.73 个月下降到 8.47 个月，浙江省历年垫支困难企业离退休费已达 2.06 亿元。当年养老保险某金收支不能平衡，就根本谈不上保证基金的适当积累。

除养老保险之外，失业保险、医疗保险、工伤生育保险等都不同程度地面临着收不抵支的风险。

三、关于建立完善的中国社会保障制度的意义和对策

（一）建立完善的中国社会保障制度的意义

1. 代表着中国最广大人民的利益

完善的中国社会保障制度的实质就是这种保障制度必须覆盖到全体中国人民，充分体现人权的主体的普遍性原则，即人权是人人应该享有的权利。这种崭新立意的社会保障制度，无疑维护、代表了中国最广大人民的利益，实践了“三个代表”的思想，是中国人民的理想

和中国共产党的奋斗目标之一。

2. 有利于维护社会稳定，实现社会正义

在我国社会转型期，一些社会成员由于受多种因素（如：企业改制、天灾人祸等）的影响，往往被抛在社会的边缘，他们的基本生存权利受到威胁，完善的中国社会保障制度通过给每个社会成员以社会保障，使人们获得一种安全感，从而维护了社会的稳定，实现了社会的正义。

3. 有利于调动全体国民的积极性

完善的中国社会保障制度要求中国政府必须向全体国民提供全面的社会保障。这种崭新立意的社会保障制度既有利于提高全体国民的生活水平，也有利于调动国民的积极性，完全符合邓小平同志提出的判断各方面工作是非得失的根本标准——三个是否有利于：是否有利于发展社会主义社会的生产力，是否有利于增强社会主义国家的综合国力，是否有利于提高人民的生活水平，是中国政府在推进社会保障制度改革时必须遵循的指导方针。

（二）建立完善的中国社会保障制度的对策

1. 必须坚定不移地坚持和完善中国共产党的领导

只有坚定不移地坚持和完善中国共产党的领导，才能从根本上使全体国民获得比较完善的社会保障制度的保障。无论是中国共产党领导中国人民推翻三座大山，建立人民民主专政的社会主义国家，还是中国共产党带领中国人民进行社会主义现代化建设，都是为了使全体中国人民在政治、经济、社会、文化等人权的各个方面得以实现。正如江泽民同志指出的："共产党人的宗旨是全人类的解放……保障绝大多数人的根本利益，是我国在人权问题上的出发点。"

2. 高度重视和认真做好宣传教育工作，努力统一全社会的思想认识

尽管建立完善的中国社会保障制度涉及多方利益调整，矛盾多，难度大，需要分步实施、不断完善、逐步到位，但这种完善的中国社会保障制度代表了中国最广大人民的利益；有利于维护社会稳定，实现社会正义；有利于调动中国人民的积极性，是中国社会保障制度改革必须坚持的方向。这就要求中国政府一定要有高度的政治和社会责任感，纠正旧式中国社会保障制度基础理论的定位偏差，宣传教育全社会，确立建立完善的中国社会保障制度的意识；同时，全体国民也要有一种与时俱进的理念，这种理念就是：社会保障对每一个中国公民并不是可有可无的，它是一项基本人权，是每一个中国公民都应享有的一项基本权利。"人权是政治发展的终极目标。"中国共产党领导的中国政治民主化的进程，就是为了促进中国人民人权（当然包括社会保障权）的提高。

3. 社会保障水平要与社会经济发展水平及各方面的承受能力相适应

社会经济发展水平是一个国家确定各项经济政策的基础和依据，社会保障水平的确定也必须考虑经济发展水平。社会经济发展水平高，社会保障水平可以相应提高；

社会经济发展水平低，社会保障水平也相应低一些。例如：如果养老水平过高，则会造成与劳动过程中的分配不平衡，影响生产力发展，进而影响社会经济发展。社会经济发展水平降低，速度放慢，就不可能为养老保险提供更多的资金来源。

社会保障水平要与各方面的承受能力相适应。仍以养老保险为例作以分析：各方面的承受能力是一个综合因素，包括退休人员的心理承受能力，基金管理部门的承受能力、用人单位和劳动者个人费用负担的承受能力等，而用人单位和劳动者个人负担养老保险费用的承受能力尤为重要。养老保险基金主要依靠用人单位和劳动者个人缴纳，并且按照用人单位工资总额和劳动者工资的一定比例收取，这就决定了养老保险水平必须同用人单位的经济效益和劳动者的工资收人水平相适应。否则，用人单位难以为继，会因不堪重负而失去活力，养老保险也就成了无源之水。

4．扩大社会保障的覆盖面，提高分担风险的能力

扩大社会保障覆盖面是建立完善的中国社会保障制度必须坚持的方向，但从国际有关情况来分析，在社会保障制度经历了 100 多年之后的今天，各个保障项目依然仅在一部分市场经济国家建立，全球仅有 1/3 的国家建立了失业保险，仅有 1/2 的国家引入了医疗保险项目。已经建立社会保障项目的国家，其覆盖群体依然是有限的。如：美国医疗保险只覆盖到 65 岁以上的老年群体。目前中国经济发展水平和管理水平都还不高，人口众多，

幅员辽阔，笔者认为，扩大社会保障覆盖面只能结合中国的实际情况，借鉴国外一些国家的经验，分步实施，逐步扩大。

（1）在社会保障法制建设上有大的突破

社会保险是社会保障的核心部分，也是国家通过立法强制实行的一种社会保障制度，我们已经积累了一些实践经验，各项政策已经明确，为社会保险立法提供了深厚的实践基础。邓小平同志指出："为了保障人民民主，必须加强法制。"江泽民同志指出，必须十分重视和加强社会保障法制建设，努力把我们发展社会保障方面长期积累的成功经验，用法律形式确定下来。朱镕基同志也多次强调，要尽快立法，严格执法。我国原有的社会保障制度改革是多头管理，各自为政，各主管部门制定一些政策和文件加以指导，属于行政管理。由于缺少统一的法制管理，往往导致社会保障管理混乱，随意性很大，对一些违纪违规行为难以处罚。因此，我们一定要按照建立完善的中国社会保障制度的要求，加紧《社会保险法》以及与之配套的各个单项法律法规的起草工作，争取尽快出台，充分发挥法律手段在维护建立完善的中国社会保障制度中的作用。

（2）扩大养老保险覆盖范围

在现有养老保险改革的基础上，将养老保险覆盖范围由国有企业、集体企业等城镇各类企业扩大到我国境内所有工商注册登记的企业及其从业人员；积极推进机关工勤人员和事业单位职工、机关公务员的养老保险制度改革。使养老保险覆盖范围能与现代化、城市化的发展相适应。

（3）扩大失业保险覆盖范围

要认真贯彻《失业保险条例》，扩大失业保险覆盖范围。要把各种性质、类型的企业职工、机关和事业单位的职工都纳入失业保险范围。

（4）扩大农村社会保障的覆盖范围

鉴于我国农村地域的广阔性及地区差异，我国可以逐步地、有选择地推进农村社会保障。从富裕的、接近城市的农村开始，逐步建立起农村最低生活保障救济，开办保障养老、医疗、意外伤害等基本项目。对已经开展农村养老保险的部分地区要在调查研究、稳定队伍、基金管理等方面积极开展工作，整顿规范取得新进展。

（5）扩大医疗保险的覆盖范围

“广覆盖”是建立城镇职工基本医疗保险制度必须遵循的一个重要原则。“广覆盖”要求企业、机关、事业单位、社会团体等所有城镇用人单位及其职工都参加基本医疗保险。但考虑到基本医疗保险制度处于初创阶段，管理经验不足，基金承受力底数不清，监管调控措施不配套，在坚持“广覆盖”的原则下，起步阶段的覆盖范围可根据当地实际合理确定，逐步扩大。

在做好上述工作的同时，我们还要统筹兼顾，继续完善工伤、生育保险制度，最低生活保障制度，继续做好社会福利、社会救济等工作，最大限度地扩大社会保障的覆盖面，真正提高分担风险的能力。

5. 迅速提高社会保障统筹层次，扩大调剂范围

社会保障统筹层次较低，社会化程度不高，基金调剂范围有限，不利于分散支付风险，地区之间社会保障负担畸轻畸重。如：浙江省一些市县养老保险基金当年收支难以平衡，影响了养老金的按时足额发放，离退休人员的基本生活不能保障。要结合各地实际，加快实行社会保险省级统筹，扩大调剂范围。

6. 积极拓宽社会保障基金筹集渠道，努力确保社会保障基金正常发放

（1）尽快出台《社会保障法》，明确征收标准，实行强制执行。

（2）进一步加大调整财政支出结构的力度，以充实社会保障基金。

（3）通过国有资产变现筹资，充实社会保障基金。

（4）费改税，建议从工资收入中设定社会保障税，取消原单位、个人缴纳的社会保障费。一个人不论在何处，从事何种职业，只要从事的劳动能获得收入就得按比例扣缴社会保障税，从而根本上改变参保不缴费，缴费不足额，造成一方面社保扩面数增加，另一方面基金量增加不大的问题。

（5）经审批开办“社会保障福利彩票”，筹集社会保障基金。

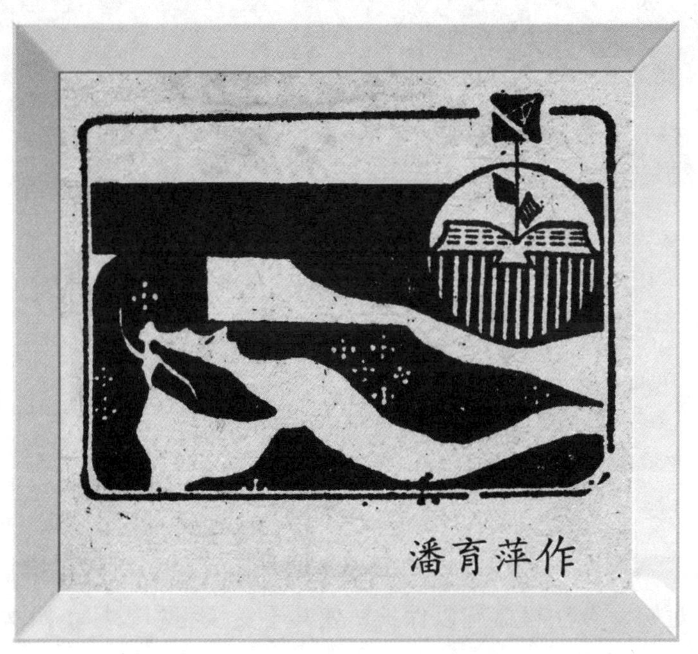
潘育萍作

中华人民共和国成立以来我国妇女权益保障的法律、政策综述与分析

妇女权益保障，顾名思义就是国家运用法律手段，对妇女合法权益施以保护，使其不受侵犯和破坏。妇女的合法权益包括国家法律规定的妇女在政治的、经济的、文化的、社会的和家庭的与男子平等的权利，以及妇女作为特殊群体的权益。我国政府历来十分重视对妇女权益的政策与法律保障，中华人民共和国刚一成立，有关妇女的权益保障的具体规定就已写在当时的《共同纲领》以及第一部《中华人民共和国宪法》和《婚姻法》中。1992年后，国家又颁布了《中华人民共和国妇女权益保障法》，对妇女的权益保障从在政治的、经济的、文化的、

原载浙江省妇联主办《浙江妇运》2002年第11期。

社会的和家庭的等方面以及妇女应依法享有的特殊权益方面都作出了更为具体的、细致的规定，为我国妇女权益保障提供了法律依据。“政策往往是法律的前导和后补，法律是政策的升华和规范。”国家在实施对妇女权益保障的过程中，常常会针对妇女运动发展的不同阶段、不同的保障内容制定出相应的政策。本文主要侧重于从政治学角度对妇女的权益保障进行政策上的探讨与分析。

一、中华人民共和国成立以来我国妇女权益保障的基本走向

中华人民共和国成立后，我国妇女权益保障事业伴随着共和国成长的脚步与妇女解放运动的进程，经历了由起步到发展，而后逐步走向成熟的阶段。我们把它划分为如下三个阶段：

1. 妇女权益保障政策的确立与妇女权益保障质的飞跃阶段

中华人民共和国的成立，使我国妇女获得了历史性的解放，也为我国政府实现对妇女权益的保障开辟了广阔的道路。在 1949 年通过的《中国人民政治协商会议共同纲领》第六条明确规定中华人民共和国废除束缚妇女的封建制度。妇女在政治的、文化教育的、社会生活的各方面，均有与男子平等的权利。实行男女婚姻自由。这样具体地把妇女在各方面与男子平等的原则，写进国家的根本大法中，在中国历史上是空前的。1950 年 4 月，中央人民政府委员会通过了中华人民共和国第一部法

律——《中华人民共和国婚姻法》，该法明确规定：“废除包办强迫，男尊女卑，漠视子女利益的封建主义的婚姻制度。实行男女婚姻自主，一夫一妻，男女权利平等，保护妇女和子女合法权益的新民主主义婚姻制度。”《婚姻法》中关于婚姻自由，一夫一妻，男女平等，保护妇女和子女合法权益等项基本原则，确立了妇女在婚姻关系中与男子平等的地位，彻底清除了残害妇女几千年的旧的婚姻家庭制度，是中国婚姻家庭制度史上的一次深刻的革命。1956 年国务院又在新制定的《女工保护条例》中对女工生育期的待遇作了补充。1960 年，劳动部、全国总工会、全国妇联联合提出一个报告，明确了女工劳保以经期、孕期、产期、哺乳期为中心。这些政策规定为后来的妇女权益保护打下了科学的基础。1954 年 9 月，第一届全国人民代表大会通过的第一部《中华人民共和国宪法》规定：“中华人民共和国公民在法律上一律平等。”“妇女有同男子一样的选举权和被选举权。”“妇女在政治的、经济的、文化的、社会的和家庭的各方面享有与男子平等的权利。”宪法对妇女法律地位的确立与保护，改变了中国妇女几千年来被奴役的地位，成为国家的主人翁。妇女在社会地位上完全享有与男子同样平等的权利，从法律上恢复了人的尊严。1949 年到 1956 年间，是中国妇女运动史上的一个前所未有的辉煌时期，妇女权益同过去相比有了质的飞跃。具体表现在：在政治上，妇女获得了与男子平等的权利，参加民主选举和政权建设；经济上，同男子一样积极参加工农业生产，经济地位发生了显著变化；妇女在社会改革和妇婴卫生保健事业及妇幼事业中成为不可缺少的重要力量。

2. 妇女权益保障事业经历挫折后的快速发展阶段

1957年至“文化大革命”期间，由于受当时政治气候的影响，我国的妇女解放运动同政治运动结合在一起，不可避免地带上了“左”倾色彩，在高度的政治热情鼓动下，广大妇女抛却了几千年来压抑在意识深处的自卑自贱心理，深信男人能办到的事，女人也能办到。妇女广泛介入社会生活的各个层面，各公众领域也向妇女开放，妇女的影响力大为增强。但是由于当时的妇女解放运动具有一定的盲目性和局限性，忽略了妇女的生理与心理特点，对妇女的劳动保护注意不够，致使妇女患病率大增，从而使妇女的权益保障事业发展受阻。1978年党的十一届三中全会以后，中国进入了社会主义建设的新的历史时期，使我国的妇女权益保障事业迈上了一个新台阶。1980年9月，第五届全国人民代表大会第三次会议通过并公布了新《婚姻法》，该法在充分体现男女平等原则的基础上，其增加修改的“保护老人的合法权益”；“禁止家庭人员间的虐待和遗弃”；“夫妻双方都有实行计划生育的义务”；夫妻离婚分割共同财产时，应“照顾女方和子女的合法利益”等内容，都直接关系到保护妇女的合法权益。1985年4月通过的《中华人民共和国继承法》，确定了妇女在继承遗产方面的合法权益，女儿和儿子对父母的财产享有同等的继承权，夫妻有互相继承财产的权利，这就保障了妇女儿童的继承权。

1991 年 9 月通过的《中华人民共和国未成年人保护法》规定："保障未成年人的合法权益"，"不得虐待、遗弃未成年人"，"不得歧视女性未成年人"。这一时期妇女权益保障的主要特点：一是在党和政府的高度重视下，妇女权益保护工作涉及的内容越来越多，范围越来越广，立法越来越向着科学化、民主化的方向发展。二是妇联组织忠实而且积极地代表和维护广大妇女的合法权益。三是广大妇女自我维权意识逐步树立起来。最后是维权工作有了专门的机构，全社会维护妇女儿童的合法权益的意识不断增强，为妇女权益保障法的诞生铺平了道路，打下了坚实的基础。

3. 《妇女权益保障法》的诞生，为我国妇女权益保障树立了新的里程碑

《妇女权益保障法》明确规定："国家保护妇女依法享有的特殊权益，逐步完善对妇女的社会保障制度。""保障妇女的合法权益是全社会的共同责任。""国家鼓励妇女自尊、自信、自立、自强，运用法律维护自身合法权益。"该法规定了保护妇女的政治权利、文化教育权利、劳动权益、财产权益、人身权利、婚姻家庭权益的具体措施。《妇女权益保障法》是中国第一部专门以保障妇女权益、实现男女平等为宗旨的基本法律。它的颁布与实施，标志着我国社会主义民主与法制建设进入了一个新的阶段，为社会保障妇女创造了有利的法律条件。随后，《中华人民共和国母婴保健法》（1994 年 10 月通过）和《中华人民共和国劳动法》（1994 年

10月通过）也相继颁布和实施，1995—2000年《中国妇女发展纲要》，更加明确地提出了妇女发展的具体目标，并制定了具体的政策和措施。

二、我国妇女保障法律、政策实施的成就与不足

中华人民共和国成立五十多年来，党和政府高度重视妇女和妇女保障工作，运用法律的、行政的和教育的手段，努力消除对妇女的各种歧视，切实保障妇女在国家政治、经济、文化、社会和家庭生活中的平等地位和各项权利。主要表现在：

妇女能广泛参与国家和社会事务的管理。1954年春夏，中华人民共和国第一届全国人民代表大会有妇女代表147人，占代表总数11.99%。当时有这么多妇女参加讨论和决定国家大事，这在中国是破天荒的，在世界各国也是极其少见的。此后，人民代表中的妇女代表的席位不断增加，到20世纪90年代，各级人民代表大会的妇女代表一般占到20%多，在第九届全国人民代表大会中，有妇女代表650人，占代表总数的21.82%。我国是共产党执政的国家，女党员的人数和比例也直接反映了妇女参政的情况。中华人民共和国成立初期，我国582万名党员中，妇女党员有57.4万名，占9.86%；1993年，我国5406.5万名党员中有妇女党员817.9万名，占15.13%。四十多年来，全国党员人数增长了8.3倍，其中妇女党员增长了13.3倍。女干部队伍不断扩大，参政意识和参政能力不断加强。2001年的统计资料表明：

有4位女性担任国家领导人，有18位女性担任正副部长。全国30个省、市、自治区和直辖市领导班子中都配备了女干部，463名女性当选为正、副市长。全国女公务员人数约占公务员总数的1/3。妇女参政的领域也不断扩大，聪明才智得到发挥，即使在军事、外交、科技领域妇女也大显其身手，涌现出了许多优秀代表。

妇女受教育水平不断提高。在1949年以前，妇女受教育的机会非常少，文盲占到妇女总数的90%。中华人民共和国成立后，这种情况有了很大改变，尤其是改革开放以后，通过开展“双基”达标活动，女性文盲在全体女性中所占的比例，从1949年的90%下降到1995年的32%；通过实施“春蕾计划”和努力提高女性在学比例，女童与男童入学率之差从1990年的2.19个百分点减少到1997年0.21个百分点；2000年，妇女人均受教育年限超过6.5年，成年男女受教育年限的差距由1995年的1.7年减少为不到1.5年。全国小学女童入学率达99.07%。幼儿园、小学、职业中学、普通中学、中等师范学校、中等技术学校和普通高等学校的女生人数，分别占同类在校生总数的46.08%、47.6%、47.17%、46.17%、67.49%、54.63%和40.98%。中国的各类女专业技术人员1.1亿多人。中国科学院、中国工程学院千余名院士中，女院士70名，占院士总数的6%，居世界领先水平。

妇女享有与男子平等的劳动和财产权利。参加社会劳动是妇女获得男女平等的一个重要的先决条件，如果没有经济地位的独立，就不可能实现政治、社会和家庭地位上的男女平等。

中华人民共和国成立初，从旧工业承继下来的仅有60万名女工，家庭妇女则是庞大的队伍。而在当今中国，妇女劳动者的队伍不断扩大，行业分布趋于合理。据统计，截至2000年10月，中国女性从业人数达3.3亿人，全国农村有4000多万妇女接受了农业高新技术培训，有5位农家妇女获得由世界妇女高峰基金会颁发的“农村妇女生活创造奖”。近几年妇女的劳动权益受到更多重视，目前许多地方实施了再就业工程，着力扶植下岗女工，力图缓解她们的就业困难，特别是在一些经济发展迅速的省市，妇女就业机会增多，就业的范围和领域不断拓展。据统计，“八五”期间各级妇联帮助95万农村妇女脱贫，1997、1998年又帮助58万农村妇女解决了温饱，通过开展“巾帼创业”行动，帮助48万下岗女工实现再就业。女性职业分布也朝着适应妇女生理特点，有利于发挥女性长处的方向发展。重体力劳动中女性比例在下降，技术含量较高的职业如制造业、金融业及文化教育业中，女性比例在上升。

妇女在婚姻家庭中的地位平等。中华人民共和国成立后，《婚姻法》的颁布与实施，使中国妇女的婚姻自主意识不断增强，妇女婚姻自主权不断体现，已婚妇女的婚姻自主率不断上升。妇女在家庭中的地位也不断提高，不仅获得了充分的发言权，而且赢得了对家庭经济和家庭重大事务的管理决策权，夫妻共同决定重大家务的家庭模式渐成趋势。据调查，中国家庭由夫妻共同决定重大事务的占 58.1%，其中城镇为 68.29%，农村为 55.9%；在决定日常家庭经济支配上，城镇以女性为主比以男性为主高出 10.4 个百分点。妇女与男子一样获得了家庭财产的所有权和继承权。

妇女的健康状况得到不断改善。1949 年全国仅有妇幼保健所 9 个，病床床位和工作人员微乎其微。1998 年，全国已有妇幼保健院和妇产医院 514 个，医院床位 8.7 万张，各类卫生人员 8.2 万人；妇幼保健所 2724 个，各类卫生人员 8.8 万人，基本上形成了遍布全国的妇幼保健网。孕产妇住院分娩率 66.8%，农村新法接生率达到 94.5%，孕产妇死亡率降至 56.2/10 万。妇女的预期寿命已由 1949 年的 36 岁提高到 1997 年的 73.2 岁，比男性高 4.5 岁，比联合国提出的到 2000 年世界妇女平均预期寿命 65 岁高出 8 岁。

国家采取有效措施消除对妇女的暴力。目前，全国人大和中央政府已制定了二十多个预防和制止家庭暴力的法规和政策。2001 年 4 月九届全国人大第二十一次会议通过了《关于修改〈中华人民共和国婚姻法〉的决定》，修改后的新《婚姻法》增加了禁止家庭暴力的规定，这项补充规定对于惩治家庭暴力，更好地维护妇女、儿童、老人的合法权益起到了积极的作用。另外，统计资料表明，到 2000 年 10 月底，全国已有 13 个省、47 个地市县建立了由多个部门参与的妇女维权联席会议制度，定期协调督察妇女权益保障工作，使妇女权益保障工作受到多方面重视，列上政府议事日程。

我们在看到妇女权益保护方面取得成绩的同时，也不得不正视还存在的许多不足：随着社会主义市场经济体制的逐步确立，社会变迁的加速，既得利益重组，女性与社会的冲突和矛盾不断涌现，妇女问题纷至沓来，侵害妇女权益的事也时有发生。主要表现在以下几个方面：第一，城市妇女就业困难，在失业者中女性比例明显偏高，男女就业机会并不均等。女职工的就业结构仍存在着不合理现象。各种统计资料表明，下岗职工中女职工占到60%以上，待业青年中女性也占60%以上，她们的待业时间普遍高于男性。此外，女性在学校招生、分配中，录取分数、成绩都要高于男性。第二，妇女的参政比例还比较低，在女干部的培养、选拔上还有这样那样的障碍，妇女自身的参政意识和参政能力还比较弱。在各级领导班子中，还存在着“三多三少”现象，即“虚职多，实职少；副职多，正职少；职务低的多，职务高的少”。第三，社会上歧视妇女、拐卖妇女、残害妇女、丢弃女婴的现象还时有发生。

三、完善我国妇女权益保障的政策选择

1. 制定具有强化和引导妇女提高主体意识的政策

妇女权利的实现离不开国家和社会的保护，也离不开妇女自身素质的提高和自我维护。在当今妇女整体法律意识和维护自身权益的主体意识不够强的情况下，党和政府在制定妇女政策时，应制定具有强化和引导妇女

提高主体意识的政策。社会为女性提供多么优厚的条件，如果女性自身的主体意识不提高，维护和保障妇女的权益就只能是一句空话。在女性维权的道路上，我们面临的现实是：第一，妇女本身的参政意识、法律意识、深层次平等意识和竞争发展意识不强。但是，我国是一个有着两千多年封建专制历史的国家，在漫长的封建社会中，形成了以男性为主体的社会传统。中华人民共和国成立后，虽然党和国家一直主张在政治上、经济上的男女平等，但在女性自身潜存着的一种深层次的男女不平等意识造成了中国部分妇女缺乏自信心和自觉的主体意识。而自信心和自觉的主体意识恰恰是参政的必要因素。这种潜在意识造成我国妇女中的大多数缺乏积极主动的参政意识。她们总感觉自己不如男性，不敢和男性平起平坐，从而造成女性发展的巨大心理障碍，严重制约了女性个体的发展。第二，我国优越的社会主义制度和法律为妇女权益保障创造了条件和种种努力，如对妇女的受教育的权益保护、劳动就业的权益保护、离婚再婚的权益保护、男女同工同酬等方面，都作了明文规定，体现在我国的各项政策、法律、法规中，但是我国妇女的法律意识和维权意识还不够强。一旦发生了触犯自身权益的事情，不知道或不能拿起法律武器维护自身的合法权益，使政策和法律没有产生实际的、预期完美的效果。

2. 制定能够为妇女解放与发展创造良好的外部环境的政策

（1）政府在妇女权益的维护与改善方面，要考虑如何建立一种有效的妇女保护机制。1992 年《妇女权益保障法》的颁布与实施，是中国妇女解放的一个里程碑。在中国妇女权益的保护方面发挥了积极的作用，但它只是一个柔性的法律，也就是说，一旦妇女的合法权益受到侵害时，妇女不能通过诉诸法律的渠道去获得补偿，而只能通过协商的办法去解决。只有当法律具有了刚性约束，妇女的权益保障才真正得以实现。在《妇女权益保障法》尚处在柔性化或向刚性化的转化阶段，应该制定具有一定刚性的妇女保护的政策和措施，体现政策对法律执行的指导作用。

（2）在有关妇女权益保护方面的法律、法规尚未十分健全，法律的应用实施上还缺乏可操作性的情况下，政府对妇女权益实施政策保护十分必要。尤其是在妇女主体意识不强、妇女整体的文化素质不高的情况下，要达到保障妇女的政治地位、文化教育权益和劳动权益等不受侵犯的目的，政府可通过制定具体可操作的政策，特别是通过提供给妇女一定的倾斜性政策，为妇女在政治、经济、文化方面真正获得与男子平等的权利提供必要的条件。比如规定妇女在人大代表中以及在党政领导岗位中的所占比例，女学生在升学、毕业分配中的应享受特殊照顾政策等。

（3）对《妇女权益保障法》中的已经不能适应市场变化需要的个别条款，一方面要进行及时的修改、补充和完善，另一方面要通过制定相关政策对法律的个别条款进行调整、补充、说明。如：《妇女权益保障法》中的程序规定，即《法律规定》一章依然停留在计划体制下的规范框架内，给具体的执法操作造成困难。如第50条规定“有下列侵害妇女权益情形之一的，由所在单位或者上级机关责令改正，并可根据具体情况，对直接责任人给予行政处分”。第48条规定“妇女的合法权益受到侵害时，被害人有权要求主管部门处理，或者依法向人民法院提出公诉”。对企业来说，这里提到的“主管部门”和“上级机关”，作为责任主体已没有实际意义。从目前体现转换的要求看，企业不受政府约束，原来意义上的主管部门多数已不复存在，即便有“上级机关”也已无权管理企业的事情，更何况新兴的私营企业及三资企业，从未听说过上级主管部门这一说，如果妇女的权益受到侵害时，要依此程序寻找保护的话，实际上是一句空话。

总之，中华人民共和国成立后我国妇女解放已取得了丰硕成果，广大妇女的地位发生了翻天覆地的变化。尽管在现实生活中国家对妇女权益的维护和改善还有许多不尽如人意的地方，相关的政策和法律法规还有许多需要完善的地方，但我们坚信随着我国生产力发展水平的不断提高，随着世界妇女运动的不断发展，随着我国妇女意识的不断觉醒和自身素质的不断提高，我国的妇女权益状况将会有更大改善。

潘育萍作

风雨兼程十三年
扬帆济海正当时

1984年，浙江省社会保险制度从此步入一个不平凡的岁月。十三年来，社会保险制度的改革，伴随时代的脉搏，不断顺应经济体制改革的要求，为企业改革深化、经济发展营造了一片蓝天。浙江省的经济总量在全国排名步步前移；企业职工的生活水平节节提高；企业和职工的合法权益进一步得到保障；企业和职工已切身感受到了社会保险制度改革带给他们的实惠。有关资料表明，截至1996年底，浙江省有4047万家用人单位计332.23万职工参加了失业保险，全省失业保险基金收缴额达2.59亿元，浙江省参加养老保险的城镇各类企业5.46万家，职工人数扩大到357.18万人（其中在职职工276.56万人，离退休人员80.62万人）。国有和县以上集体企业职工覆盖面达到了96%以上，其他企业和劳动者的参保面也

原载浙江省劳动厅主办《浙江劳动》1997年第11期。

在不断扩大；浙江省已有29个市县实行大病医疗费用社会统筹，参加企业1.14万家、职工107万人；浙江省的67个市县实行了工伤保险制度改革，参加企业3.19万家，在职职工168万人；浙江省已在51个市县2.19万家企业中实行了生育保险，参加保险的职工达194.40万人，享受生育待遇补偿的女职工累计达10.84万人。

社会保险在降低经济体制改革的风险，为企业提供公平的竞争环境，尤其在培育社会主义市场经济体制等方面的作用日益显现出来，被企业和职工称为“减震器”和“安全网”。

（一）

人们不会忘记，二十世纪七十年代末，我国经济体制改革开始酝酿。随着改革的不断深化，完全由企业负担的社会保险体制已经不能适应时代发展的需要，弊端日益凸显：传统的社会保险制度极不完善，无法满足职工因生、老、病、伤、残、失业等原因暂时中断劳动或永久性丧失劳动能力以后对基本生活的需要。尤其是企业退休费用负担畸轻畸重，影响职工的合理流动，阻碍着企业改革的深入和浙江省经济的发展。随着市场竞争的加剧，一部分企业和职工由于市场规律的作用迫切需要得到社会的强有力的保障。社会保险制度改革已成为培育和发展社会主义市场经济体制不可回避的重大问题。

（二）

深化社会保险制度改革，特别是解决职工老有所养，减轻企业负担，促进社会稳定，是浙江省社会保险制度改革的宏伟目标。1984 年，伴随着中华大地深化改革的激越鼓点，浙江省的社会保险制度改革拉开了帷幕。

——1985 年底，在温岭、海宁两县进行全民所有制职工退休金统筹工作试点的基础上，向全省推广，收到较好的效果，初步实现了由企业保险向社会保险的转变。

——1987 年，浙江省政府批准建立了省社会劳动保险委员会，办事机构设在省劳动人事厅。同年，浙江省有 47 个市地县建立了社会劳动保险委员会及其办事机构，配备了工作人员。

——1988 年，浙江省劳动人事厅厅长郑经富在浙江省劳动人事局长会议上要求：1988 年全省所有市、县的全民所有制企业，都应实行职工离退休费的社会统筹；凡有条件的地方，要尽快开展县以上集体企业的统筹。同年，将集体企业纳入了统筹范围，进一步扩大了保障范围。

——1989 年，浙江省各级劳动部门进一步加强了合同制工人养老保险和职工待业保险基金的收缴工作，收缴率均达 99%以上。

——1991 年，开展了深化待业保险制度改革的积极探索。截至 1991 年底，浙江省有 2.15 万个企业单位，近 300 万职工参加了待业保险。同年，筹集待业保险基金近 3000 万元。

——1992 年，浙江省养老保险制度改革的重点转移到了企业职工基本养老金计发办法的改革。新的计发办法经省政府批准于同年 10 月 1 日出台并付诸实施，为加快建立一体化的养老保险制度打下了基础。职工个人缴纳养老保险费的工作进展较快，已在全省59个市县的152.9万固定职工中实行了个人缴费办法。浙江省有1/4的市县制定了企业补充养老保险实施办法，并在285家企业试点。工伤保险和医疗保险制度改革的试点已经在遂昌、萧山、安吉、桐庐等地开展。浙江省有1/3的市县开展了女职工生育基金统筹工作。

——1993年，失业保险制度改革的重点把覆盖面扩大到浙江省所有企业，失业保险的社会保险功能由企业外部向企业内部扩展。企业职工医疗保险制度的改革，浙江省各地进行了不同程度的改革探索，安吉和象山县实行了大病医疗费用的社会统筹，参加企业525家，职工近5万人。

——1994年，浙江省的36个市县实行了全方位、一体化的养老保险制度。新的基本养老金计发办法实施已在浙江省基本到位。浙江省各地都已实行了职工个人缴纳养老保险费的办法。

——1995年，浙江省全面开展了企业职工基本养老金计发办法的改革，并按照社会统筹和个人账户相结合的原则进行了补充完善。建立了企业离退休人员的物价补偿制度，离退休人员待遇不断提高。同年，完成了失业保险地方立法。浙江省人大制定颁发了《浙江省职工失业保险条例》，这是浙江省第一部社会保险方面的地方立法，它标志着浙江省的社会保险工作开始走上法制化轨道。

——1996年，出台并实施了养老保险的覆盖计划。同年，按照社会统筹和个人账户相结合的原则，浙江省建立了职工养老保险个人账户，完善了计发办法，职工个人缴费比例由3%上升到4%，为向国家即将统一的养老保险实施方案过渡创造了条件，打下了基础。社会保险基金的收缴和管理工作得到了加强和改善。浙江省各级社会保险机构普遍开展了财务大检查，并积极配合审计部门进行基金管理使用的审计。

（三）

十三年风雨兼程，浙江省社会保险制度改革果实丰硕。但离一个健全、完善的社会保险体系还有距离。党的十五大和今年八月中旬全国社会保险工作会议的召开，标志着社会保险制度改革进入了一个新的阶段，同时也提出了新的要求。那么，浙江省社会保险制度改革该如何走，才能适应形势发展的需求，这是社会普遍关注的一个共同话题。我们完全有理由相信，在浙江省委省政府的重视下，充满信心、勇于拼搏的浙江省社会保险改革者一定能勇挑重担，承担起这一历史使命。扬帆济海正当时，在不远的将来，一个适应社会主义市场经济体制和符合浙江省实际的新型社会保险制度必将在浙江全省建立。

潘育萍作

完善城乡社会保险制度的思路与对策

胡锦涛总书记在中央政治局专题学习世界主要国家社会保障体系和我国社会保障体系建设时指出，社会保障与人民幸福安康息息相关，社会保障工作事关改革开放和现代化建设大局。党的十七大提出，要加快建立覆盖城乡居民的社会保障体系。这是坚持立党为公、执政为民的具体体现，是推动科学发展、促进社会和谐的重要工作，是保增长、保民生、保稳定的重要任务；各级党委、政府要深刻认识加快完善社会保障体系，做好社会保障工作的重要性和紧迫性；把加快完善社会保障体系作为实现好、维护好、发展好最广大人民根本利益的重要工作扎实推进，努力使全体人民学有所教、劳有所得、病有所医、老有所养、住有所居，不断促进社会和谐。同时，他还提出，要加强统筹协调和政策衔接，推进各

原载浙江省委政策研究室主办《政策瞭望》2009年第7期。

类社会保障制度整合，抓紧制定实施全国统一的各种社会保险关系转续办法，完善社会保障公共服务管理平台。这充分表明党和国家对社会保障工作的高度重视和关注。那么，当前社会保障和民生问题中群众最为关注的又是什么呢？通过对海盐县的调研，我们认为，当前发达地区的广大人民群众对政府提供公共产品的要求越来越迫切，范围也越来越广，特别是对社会保险的需求越来越强烈。加快建立统筹城乡、广覆盖、保基本、多层次、可持续的社会保险制度已经成为当前群众最关心、最直接、最现实的问题。

一、海盐县社会保险制度发展现状

制度框架基本建立。海盐县的社会保险制度改革始于 1984 年，经过 20 多年的发展，该县已初步建立起以基本养老保险为龙头，医疗保险、失业保险、工伤保险、生育保险、被征地农民基本生活保障和农村养老保险、新型农村合作医疗等组成的独立于企事业单位之外、资金来源多源化、保障水平规范化、管理服务社会化的统筹城乡的社会保障体系。

保障覆盖面稳步扩大。近年来，海盐县不断加大社保扩面力度，建立“五费合征”机制强化基金征缴，社会保险覆盖面稳步扩大。年前，全县养老保险单位参保率达到 100%。2008 年底，全县养老、医疗、失业、工伤、生育保险参保缴费人数分别达到 11.8 万人、8.2 万人、6.6 万人、13.0 万人和 7.7 万人，分别比“九五”期末增加

8.4 万人、5.9 万人、4.9 万人、10.5 万人和 5.3 万人。被征地农民基本生活保障参保人数 2.2 万人，占应保人数的 70.21% 以上。

保障水平逐步提高。目前，海盐县纳入社会养老保险统筹的离退休人员 26119 人，比 2001 年增加 16887 人；企业养老保险基金支付能力 34 个月，比 2001 年提高 21 个月；企业退休人员平均月养老金水平达 1410 元，比 2001 年提高 840 元，增幅 138%；医保人均住院报销比例达到 76.20%，比 2002 年提高 11.03 个百分点；失业救济金标准达到 595 元，比 2001 年提高 313 元，增幅 111%。

二、 当前社会保险制度建设存在的主要问题

事业单位养老保险制度没有建立。到目前为止，海盐县还没有建立真正意义上的事业单位养老保险制度，绝大多数事业单位职工养老金仍然由财政负担。现在，海盐县事业单位养老保险虽已基本实现应保尽保，但 2008 年度收支相抵赤字 686 万元。主要原因：一是事业人员退休工资近年内大幅增长；二是在职退休比逐年下降。2005 年 1 月，事业在职人员为 6815 人，退休为 2092 人，在职退休比为 3.25∶1；截至 2008 年 12 月事业在职人员为 7335 人，退休为 2803 人，在职退休比下降为 2.62∶1。表明制度本身已难以保持收支平衡，解决问题的根本出路是建立新的事业养老保险办法。

新型合作医疗保障水平过低，农民大病医疗个人负担仍然很重。新型合作医疗自 2003 年实行以来，由于缴

费水平低，相应地报销待遇不高，远低于城镇职工医疗保险待遇水平，农民住院医疗费用只能得到很少的补偿，从实际效果看，在减轻农民大病医疗负担方面还有很远的距离。

现行养老保险制度很难将农民工有效纳入。从理论上说，本地和外来农民工在就业后均应纳入城镇各项社会保险，但由于农民工特别是外来务工人员流动性大，就业不稳定，以及现行制度县级统筹、社保关系转移困难等特点，用人单位和农民工本人均不愿意参加当地社保，绝大多数农民工仍然游离在社会保障体系之外。

社保制度缺乏统筹和衔接。一是社会保险关系的转移问题没有得到有效解决。虽然海盐县允许外地职工养老保险关系转入，但参保职工转到外地的通道至今没有完全打开，由于各统筹地区政策和业务操作流程的不一致，非本地职工不愿参加当地社保，现行政策对这部分人员也不公平、不合理。二是被征地农民生活保障与基本养老保险的衔接问题还没有完全得到落实，参加被征地农民生活保障人员仍不能转入基本养老保险。三是新型合作医疗与基本医疗保险还没有建立制度间的通道。目前的基本医疗保险和新型合作医疗分别针对城镇职工和农村居民，两项制度设计思路不同、制约手段不同、职能单位不同，而且没有考虑到制度间的转移衔接，社会群体无法自由选择制度参保，无法在两个制度间转移接续。

保障水平与保障能力的关系仍较难协调。一是个人账户做实难。由于没有基金的积累，为应付当前的支付，个人账户基金都被用于统筹。做实个人账户必然影响基金的支付能力。二是历史欠账负担重。由于历史原因，原国有、集体企业职工没有缴费，养老待遇主要依靠新参保缴费人员缴费支撑，基金支付压力很大。三是医保关系平衡难。医院追求经济利益最大化，患者要求保障水平最大化，医保力求基金收支平衡，医、患、保三者之间利益矛盾的平衡始终是一个难题。

制度落实的刚性手段不足。由于社会保险法至今没有出台，社会保险制度落实主要依靠行政手段。由于强制手段的缺乏，现行制度很难落实到位。

三、完善社会保险制度的对策思路

按照统筹城乡发展的要求，社会保险制度的改革完善应坚持“广覆盖、保基本，分层次、有差别，长效化、可持续”的原则，立足当前，着眼长远，根据能力，适度超前。主要从以下三方面入手：

1. 着眼制度上的全覆盖，填补制度安排上的空白点

主要是建立并完善以下制度：(1) 抓紧研究建立事业单位养老保险制度。浙江省作为全国五个试点省份之一，已经开始着手研究这项制度建设。总体思路是“老人老办法，新人新办法”，模式参照企业养老保险，实行社会统筹和个人账户相结合，深化机关事业单位管理体制改革，建立机关事业单位养老保险制度。(2) 加快推进城乡居民社会养老保险工作。《嘉兴市城乡居民社会养

老保险暂行办法》于2007年10月1日起正式实施，《办法》规定，全市年满16至60周岁不符合参加现行社会养老保险（障），或原一次性低缴费参加农保的城乡各类劳动者均应纳入城乡社会养老保障体系，以进一步完善现行的农村养老保险制度，提升社会保障水平，缩小城乡社会保障的二元差距，让广大农民也能共享经济社会发展成果。城乡居民社会养老保险成为嘉兴市推进城乡一体化建设的又一项利民惠民的民心工程。海盐县于2008年初召开了工作动员会，与各镇（区）签订了责任状，明确了任务，落实了责任，并把此项工作纳入城乡一体化考核指标体系，列入党政领导干部实绩考核内容。经过全县上下共同努力，截至2008年底，已经有2.1万名70周岁以上高龄老人按月享受基本生活补助，2.34万人参加了城乡居民社会养老保险。其做法是：①完善政策，试点先行。根据《实施办法》，制定出台了《城乡居民社会养老保险实施细则》《城乡居民社会养老保险征缴办法》《城乡居民社会养老保险工作考核办法》。同时，根据海盐县实际，加快开发城乡居保计算机运用软件，把城乡居保软硬件建设与全县劳动保障信息系统一体化建设相结合实施建设，确定试点先行、稳步推进的工作方针，在积累试点经验教训的基础上面向全县推开。②组建机构，搭建平台。由于城乡居民养老保险实行嘉兴市全市统一的政策，且又不同于企业职工基本养老保险，涉及面广，人员流动量大，是一项长期而艰巨的工作。为确保此项工作开展的长期性、连续性和稳定性，海盐县各镇（区）成立了由县劳动保障部门和镇工作人员共同组成的社保办事机构，专人负责城乡居保登记征缴发放工作，更好地服务于各镇（区）企业和参保人员。③广泛动员，扎实开展。通过组织政策宣讲团，利用各种宣传手段，如张贴横幅、送宣传资料，出专刊，搞宣讲、指导镇村开好户长会，使这项惠民政策家喻户晓。同时，要求具体工作人员发扬“千山万水、千方百计、千辛万苦、千言万语”的四千精神深入工作，重点针对政策优惠的三大人群:45～60岁（及时参保连续缴费至60岁可补足）、60岁以上（即征即保）和计划生育户（财政补贴高），动员他们转变思想观念，参加城乡居民社会养老保险，将这项民心工程落实到位。④落实资金，加强监管。尽早落实专管银行，开设财政专户，并加强制度建设，健全内控机制，建立协同监督管理机制，综合运用内部审计、财务管理、信息系统等手段，进一步提高基金规范管理水平，确保基金安全完整。

2. 按照制度一体的原则，提高制度设计上的互通性

完善现行社会保险制度，关键是要坚持制度设计上的统筹和衔接的思路，实现不同层次、不同类别制度间的可衔接和可转换。(1) 积极研究社会保险关系的转移问题，实现社保关系的自由流动。社会保障“全国通”不仅是完善的社会保障制度的题中之义，在保增长、扩内需、应对国际金融危机影响的背景下，也是解除人们后顾之忧、拉动消费的重要方面，慢不得、拖不得。地方各级政府要破除地方保护主义的影响，从全局和发展

的角度看待农民工，真正认识其“用处”并尊重其贡献，作为受益者和“先富起来的地区”，要在农民工养老保险问题上尽到责任。(2) 放开基本养老保险参保条件上的限制，实现全体城乡居民的自由选择参保。应调整养老保险参保对象范围有关规定，允许有参保意愿和缴费能力的农村户籍人员、城镇无单位依托人员参加基本养老保险，扩大缴费基础，提高参保覆盖面。(3) 完善被征地农民生活保障与基本养老保险衔接工作，实现制度间的自由转换。加快出台实施被征地农民生活保障转社保的具体操作规程，尽快落实被征地农民生活保障政府补贴资金，抓紧办理关系转移的有关手续。(4) 积极探索城乡一体的医疗保障体系建设，打通基本医疗保险、城镇居民医疗保障、新型合作医疗制度间的通道。医保体系建设应按照一体化、全覆盖、分层次的思路，统筹和整合现行各项制度。要注重三项制度间的衔接，建立三项制度间关系转移和年限折算的通道，实现所有城乡居民根据自身能力和条件在三项制度间自由参保、自由流动。

3. 强化制度落实刚性，提高制度保障水平

(1) 加强扩面征缴，实现应保尽保。在积极引导群众早参保、多缴费的同时，应进一步强化落实“五费合征”，适时调整单位的参保比例，逐步按照工资总额全额征效社会保险费，实现社会保险的全覆盖。同时，建立劳动保障、审计、地税等部门联合稽核制度，对拒缴社会保险费的参保单位，按有关规定进行处罚，切实做到应缴尽缴。

(2) 加大转移支付，化解支付风险。进一步明确政府的社会保障责任，积极调整财政支出结构，加大财政对社会保障的资金投入，逐步提高社会保障在财政支出中的比重。积极拓宽基金筹措渠道，充实社保基金，在加强基金监管、维护基金安全完整的同时，通过稳妥的基金投资运营办法，实现基金的保值增值，提高保障能力。

(3) 适时调整标准，提高待遇水平。根据经济社会发展情况、财政承受能力、制度运行和基金积累情况，适时调整有关待遇标准，确保参保群众共享社会发展成果。

潘育萍作

加强完善浙江省行政机关公务员考核工作

胡锦涛总书记指出："要建立和完善科学的干部政绩考核体系和奖惩制度，形成正确的用人导向和用人制度。"党的十七大指出，要完善体现科学发展观和正确政绩观要求的干部考核评价体系。《深化干部人事制度改革规划纲要》将健全考核评价机制列为党政干部制度改革整体推进的任务之一。浙江省委高度重视干部考核工作。2009年2月，制定出台了《关于健全完善促进科学发展的干部考核评价机制的实施意见》及其配套的《浙江省市、县（市、区）党政领导班子和领导干部综合考核评价实施办法（试行）》《浙江省党政工作部门领导班子和领导干部综合考核评价实施办法（试行）》《浙江省党政领导班子和领导干部年度考核实施办法（试行）》

原载浙江省委政策研究室主办《政策瞭望》2011年第7期。

《浙江省高等学校领导班子和领导干部综合考核评价实施办法（试行）》《浙江省省属企业领导班子和领导人员综合考核评价实施办法（试行）》等重要文件。2010年4月，中共浙江省委《关于贯彻〈2010—2020年深化干部人事制度改革规划纲要〉的实施意见》将健全干部考核评价机制列为我省深化干部人事制度改革近期目标（2010—2020年）的11个重点突破项目之一，并明确了具体内容。这些都为浙江省行政机关公务员考核工作指出了明确的方向，提出了明确的要求。那么，浙江省行政机关公务员考核工作究竟取得了哪些成绩，存在哪些问题，还需要进行哪些突破？这些都需要加以认真的总结和思考。

一、浙江省行政机关公务员考核工作现状

《中华人民共和国公务员法》和《公务员考核规定（试行）》颁布实施以来，全省各级党委政府高度重视，公务员管理部门认真组织实施，广大公务员积极参与，考核工作取得了显著成效。考核制度体系逐步健全。

自1993年8月国务院颁布《国家公务员暂行条例》、1994年3月原国家人事部印发《国家公务员考核暂行规定》后，浙江省及时贯彻落实《国家公务员暂行条列》和《国家公务员考核暂行规定》精神，结合浙江省实际，制定出台了《浙江省公务员考核实施办法》，并经过多方调研和积极探索，于2004年分别制定出台了《浙江省国家公务员绩效考核实施办法》，为各地各部门探索开

展公务员绩效考核工作提供了政策支持，并对公务员年度考核等次具体对应标准予以细化。浙江省行政机关公务员考核工作得到了国家主管部门的充分认可，曾多次在全国会议上介绍经验。2006年《中华人民共和国公务员法》实施后，根据《中华人民共和国公务员法》和《公务员考核规定（试行）》精神，浙江省及时制定出台了《浙江省公务员考核实施细则》；2009年按照促进科学发展、完善干部考核评价机制的要求，浙江省制定出台了《关于健全完善促进科学发展的干部考核评价机制的实施意见》及5个实施办法，从而使浙江省行政机关公务员考核工作实现了制度层面全覆盖的目标，并在考核办法上予以进一步完善，使考核工作做到有法可依、有章可循。

1. 考核工作健康有序开展

各地各部门对考核工作的认识日益提高，推进考核工作的力度越来越大，考核结果同公务员奖惩、工资、职务升降、辞职辞退、培训等公务员管理环节挂钩。2006年至2009年，浙江省行政机关约有100万人次公务员参加考核，其中约有12万余人次被评定为优秀等次，每年有400余人次被评定为基本称职和不称职等次。通过考核，有效地激发了公务员工作的积极性和创造性，较好地起到了“创先争优”的导向作用、科学规范的管理作用、奖优罚劣的激励作用、工作落实的推动作用。

2. 考核评价机制大胆创新

各地各部门积极探索，大胆实践创新，从考核内容、考核主体、考核方法、考核结果如何使用等，创造了一系列与时俱进、切合实际的新模式、新方法。如慈溪市结合当地实际，制定出台了“干事对账”干部考核制度，采用派账、记账、对账、核账、算账“5 步法”，加强对干部的平时考核，并通过开发一套网络考核系统软件，使考核工作公开、透明、及时、简捷。景宁县探索开展了“设岗定分”考核机制，使干部考核工作更直观、可量化。富阳市积极探索分级分类考核机制，温州市实行立体民主考核等机制都取得了良好的成效。

二、浙江省行政机关考核工作的实践困境

1. 没有充分认识考核工作的重要性

人事管理学原理告诉我们：人事管理是由若干基本环节组成的开放系统，这些基本环节主要有选任、考核、奖惩、交流、待遇、培训、安置、统计等。在这些环节中，考核是最重要的一环，是其他工作的基础和依据。但仍有一些同志认为：考核工作堪称世界性难题。思想再解放，实践再积极，组织再健全，创新再大胆，工作再努力，都难以将这项工作做好。

2. 没有真正发挥平时考核的作用

《国家公务员考核暂行规定》明确要求：年度考核要以平时考核为基础。但在考核工作实践中，很多地区和部门没有设置平时考核的工作程序，没有明确的平时考核的内容、指标、周期、手段、方式、结果运用等，使得平时考核必须与年度考核相结合的法规要求成为了考核工作的盲点，因此年度考核缺乏有效的基础依据。

3. 没有真正发挥民主、科学考核的作用

根据《中华人民共和国公务员法》以及《国家公务员考核规定（试行）》的要求，公务员考核方法应采取领导考核与群众考核相结合，定期考核与平时考核相结合，定性考核与定量考核相结合的“三结合”法。但在实践中，公务员考核的科学性、民主性不足。考核往往注重领导评价和定性考核，考核结果受人际关系左右，存在着对考核评优人员“轮流坐庄”，对不称职人员“一团和气”，避重就轻，没有硬伤尽量使其“称职”等现象。同时，有些部门考核还根据领导提出的考核结果或民主测评的结果来确定考核等次。“以个人代替法治考核”“以评代考”的现象屡见不鲜。

三、完善浙江省行政机关公务员考核工作的思路与对策

提高认识，是做好行政机关公务员考核工作的关键。考核工作虽是世界性难题，但我们还是应该提高对这一工作的认识，努力做好考核工作。从学理层面分析，主要有两点：一是东西方执政党执政方式不同。在中国，中国共产党作为执政党，不仅对中央一级权力机关实施领导，而且对地方各级机关发挥领导作用；中国共产党对整个国家社会、经济、文化、生活的各个方面都负有领导责任，因此，我们国家对公务员的要求和标准是长期的、稳定的、全面的。而在美国等实行总统制的国家，立法机关与行政机关没有连带关系，总统与议会分别由

选举产生，执政党即为在总统选举中当选的总统所属的政党或政党联盟。总统所在的政党不一定同时是议会的多数党。两者你争我夺，很难统一。二是东西方政府制度不同。中国政府制度具有人民性质。也就是说，中国的各级人民政府及工作人员都是人民的公仆，我国公务员具有姓“公”的性质。而西方国家的资产阶级政权，其政府制度具有资产阶级性质，因而两者有着本质的区别。从行政机关公务员考核作用层面分析，我们必须责无旁贷地做好考核工作。因为公务员考核不仅是公务员制度的重要组成部分，也是公务员管理的重要手段，对于促进勤政廉政提高工作效率，建设高素质公务员队伍，推进服务政府、责任政府、法制政府、廉洁政府建设等具有重要作用。从行政机关公务员考核工作成效层面分析，我们拥有进一步做好这项工作的实践基础。行政机关公务员考核工作成效明显：与公务员考核工作相配套的考核制度体系逐步健全、考核工作健康有效开展、考核评价机制大胆创新。更重要的是，考核工作促进了科学发展观的落实，回应了人民群众的期待。

紧扣需求，是做好行政机关公务员考核工作的出发点。紧扣大局需求，服务于党和国家的工作大局，是做好浙江省行政机关公务员考核工作的根本要求。各级各部门必须紧紧围绕各级党委、政府的方针政策、重大战略决策部署和中心工作来完善考核工作思路，确立考核工作内容，设置考核工作程序，制定考核工作方案，使考核工作更好地服务于大局需求。

紧扣工作需求。不同地区、不同部门、不同层次、不同类型、不同岗位的公务员，他们的工作需求既有相同的一面，又有不同的一面。因此必须构建共性要求与岗位职责个性要求相结合的考核指标体系，建立健全领导成员考核指标和非领导成员考核指标的体系，使考核具有更大的科学性和完整性。

紧扣公务员成长规律的需求。人才学原理表明，公务员成长的峰值年龄在 45～55 岁间。不同成长阶段的公务员有不同的特点和需求。我省行政机关公务员考核工作必须紧扣公务员成长规律的需求，探索完善各个成长阶段公务员考核的科学合理的指标体系。

注重实效，是做好行政机关公务员考核工作的目的。首先要解决平时考核问题。平时考核是年度考核的基础依据。各级各部门必须坚持“法制考核”的要求，做好平时考核工作。平时考核要贯彻“注重实践、客观公正、分级分类、简便易行”的原则，改进考核方式，规范考核程序，科学设置考核周期和考核内容。要利用平时考核发现工作中存在的问题和薄弱环节，调整工作方法，提出改进工作的具体措施，推进工作落实和事业发展。要把平时考核的结果作为公务员选拔任用、培养教育、管理监督、激励约束等的重要依据，充分发挥好平时考核的作用。

其次解决科学民主考核问题。民主考核要坚持领导考核与群众考核相结合，平时考核与定期考核相结合，定性考核与定量考核相结合，分级分类考核与多方位考核相结合。要引入服务对象评价机制，从更多的渠道增强考核信息的科学性、准确性。特别要考核公务员是否依靠人民群众的支持，是否经常保持同人民群众的密切联系，是否倾听人民群众的意见和建议，是否努力为人民群众服务等。

三是解决监督考核问题。要建立健全考核监督机制问题，内部要成立考核工作监督小组，动态地监督考核工作中的情况和问题，并加以及时处置。外部要充分发挥好群众监督和舆论监督的作用，从制度上确保考核结果真实、可信。要加强对负有考核责任的领导干部进行监督，避免“人情考核”“印象考核”“小团伙考核”。要共享巡视、纪检、审计、统计、部门（行业）专项考评等资料信息，确保考核结果准确科学。

潘育萍作

浙江省公务员考试录用工作的五个特点

实行和完善公务员考试录用制度，是坚持走中国特色社会主义政治发展道路和推进政治体制改革的重要内容。这对贯彻落实党的德才兼备用人原则，深化人事制度改革，构建公平竞争和公开监督的用人机制，提高公务员素质和依法行政能力，推进中国特色社会主义民主政治建设等，都具有十分重要的意义。浙江省行政机关公务员考试录用制度实施近20年来，始终坚持“凡进必考”的公务员录用指导思想和“公平考录、依法考录、科学考录、安全考录”的公务员考试录用工作原则。在各级党委政府高度重视、各地组织人社部门大力支持、各有关方面密切协作和所有考录工作人员的共同努力下，考录政策法规体系不断健全，考录安全体系不断完善，考录运行机制不断规范，为浙江省党政机关补充了一大

原载浙江省委政策研究室主办《政策瞭望》2012年第12期。

批德才兼备、素质优良、年纪较轻、学历较高、富有基层实践经验的公务员，优化了浙江省党政机关公务员队伍的来源、结构和经历，取得了显著的成绩，走在了全国党政机关公务员考录工作的前列，为浙江省提高依法行政水平和促进经济社会发展发挥了应有的作用。近5年来，浙江省共考录公务员3.32万名。2012年浙江省、市、县、乡四级联考共录取公务员9071名。其中，中共党员占50.4%，本科以上学历占82%，具有两年以上基层工作经历占41.9%，少数民族考生占1%，实现了考录工作零事故。

浙江省行政机关公务员考录工作之所以走在全国前列，概括地说，主要有五个特点：

坚持考录工作的政治性。公务员考录制度是中国特色社会主义政治制度建设的重要内容。必须要体现中国共产党的领导和为人民服务的宗旨，必须要为巩固和发展中国特色社会主义制度和坚定地推进中国特色社会主义伟大事业服务。因此，浙江省党政机关公务员考录制度始终坚持考录工作的政治性原则：一是在选人标准上，强调德才兼备，以德为先；二是在选人方法上强调考试与考察并举。这两点在浙江省党政机关公务员考录工作中一以贯之，从未动摇。比如说，考生在参加公务员的考试中，除了笔试、面试成绩之和高于录取分数线外，还要求考生政治立场坚定，拥护中国共产党的领导和社会主义制度。如有违法违纪违规行为，或社会责任感和为人民服务意识较差或社会公德缺失，家庭道德和个人品德不良等，不符合我国公务员“德”的标准要求，一律不予录用。

坚持考录工作的公平性。公平，是人类追求的基本价值，是社会进步的标志，是一个国家发展的重要推动力量。浙江省党政机关公务员考录工作始终把公平作为核心价值理念，考试录用制度的设计，汲取了科举制度的精华，借鉴了国外有益经验，发扬了我国干部录用的优良传统，采用了公开平等的竞争机制。一是坚持考录环节公开。各地各部门实行的考录政策、录用计划、录用职位、资格条件、考录程序、考录结果等，均通过主流媒体、网站等向社会公开。二是坚持考录竞争平等。公务员法、公务员录用等规定，已从法律法规上保证了公民在报考和录取过程中都享有平等权利，浙江省始终注重确保考生报考资格平等，提供给考生的考试条件平等，考录工作全程的保密措施平等等。坚持“凡进必考”，有效遏制了浙江省各级党政机关公务员可能出现的入门贵族化和变相世袭化的倾向，敞开了向社会各阶层人士进入浙江省党政机关公务员队伍的大门。三是坚持考录导向正确。考试录用公务员，强调任人唯贤，反对任人唯亲，强调竞争择优，德才素质面前人人平等。从一段时期以来浙江省党政机关录取公务员的结果看，录取的公务员做到了来自五湖四海、各行各业，男女机会均等，真正从机制上杜绝了浙江省党政机关进人上个别地方、部门存在的“递条子”“拉关系”“说人情”等不正之风，树立了浙江省党政机关选贤任能、公正廉洁的形象，使得金钱、权势、社会地位、个人感情等因素不能对考录过程和结果产生任何影响。

坚持考录工作的科学性。浙江省党政机关公务员考录工作始终坚持科学性，保证制度设计中“择优”的充分体现。坚持德才兼备、以德为先的录用标准；坚持干什么考什么；坚持把合适的人录用到合适职位的理念。不断探索分级分类考试，如针对省市、县乡机关和村官（社区干部）职位的不同特点，分类命题；考录工作主管部门会同有关高等院校就浙江省党政机关公务员考录工作的难点问题，设定了公务员考录相关课题并开展研究、反复论证，将研究成果有效地用于考录工作实践。各地不断加强考录专家队伍建设，普遍开展了动态的面试考官培训，建立面试考官库，组成专家队伍，科学开展命题工作，积极加强科研交流。目前，浙江省有关市地正在积极筹备建立公务员录用考试测评基地，将充分发挥考试测评基地对考录工作科研的孵化和带动作用。

坚持考录工作的法制性。1993 年 10 月 1 日《国家公务员暂行条例》公布实施，标志着我国国家公务员考录制度的全面确立。浙江省党政机关的公务员考录工作在近 20 年的实践中，始终以公务员法、公务员暂行条例、公务员录用规定为依据，结合浙江省实际，出台了公务员录用工作的一系列政策、考务、面试考官等方面的规定，形成了一套比较完整的法律、法规、政策体系，加强了对考录工作的针对性和规范性，真正使考录工作做到事事依法有据，处处有章可循。浙江省还结合公务员法执法大检查工作，对浙江省执行公务员法和考录工作依法性情况进行认真的自查，好的经验形成制度巩固下来，发现问题及时整改纠正，推进浙江省党政机关公务员考录工作的法制化，不断提升浙江省党政机关公务员考录工作的规范化水平。同时，严厉打击社会上各种非法利益集团“助考”犯罪活动，依法惩处犯罪嫌疑人；对严重违纪的考生、命题人员和考录工作人员依法依纪处理，绝不姑息；对考录工作中失职、违纪的领导干部严肃问责，严惩不贷，以维护法律的权威，确保考录制度面前人人平等。

坚持考录工作的基层性。公务员是党的路线、方针、政策和国家法律法规的执行者，承担着国家经济、社会、文化等事务的管理、服务等职能。这就要求新录用的公务员特别是省级机关的公务员，必须要熟悉基层、了解基层。因此，浙江省党政机关公务员考录工作十分注重从基层一线录用优秀人才充实各级行政机关，坚持重视基层一线的正确导向。浙江省建立一年一度省市县乡机关“四级联考”制度，在全国率先探索从优秀村干部和大学生村官中考录公务员工作。如 2012 年浙江省四级联考中，除专业性强的紧缺和特殊职位外，省级机关和杭州、宁波两市市级机关均面向具有 2 年基层工作经历的人员招考，其他各地级市市级机关均达到本级总招考计划数的 50%；面向大学生“村官”等服务基层项目人员招考计划数均占招考计划总数的 15%。2012 年在浙江省各级机关考录的 10028 名公务员中，从基层服务项目人员中考录到各级机关公务员的有 1302 名，定向从优秀村（社区）干部中考录乡镇（街道）公务员的有 173 名，充分体现了考录工作的基层性。

潘育萍作

下岗·再就业·社会发展

下岗和失业问题，是近来社会各界十分关注的热点问题之一。议论有之，疑问有之，有识之士，见智见仁。浙江省的经济实力不弱，经济和社会发展位居全国第五位，但同样受到了下岗和失业问题的困扰。据有关资料表明，去年末全省实有失业人数达16.22万，而企业富余人员（亦即隐性失业人员）约60万人，其中现在已经下岗的达21万人。这两个数字说明了问题的严重性。随着经济结构的调整和企业兼并、破产、下岗分流、减员增效等措施的进一步实施，下岗和失业问题还将更加突出。

劳动就业是国民经济和社会发展程度的标志之一。在新的形势下，我们应该从经济和社会发展的角度，正确认识当前出现的下岗和失业这样一个重大的社会经济现象。

原载浙江省劳动厅主办《浙江劳动》1997年第10期。

社会生产力的发展是一个历史的过程。人们从刀耕火种的生产方式发展到今天的现代化生产方式，经历了人类社会历史长河的无数次演变。社会生产力的每一次大发展，必然地会带来生产力的大解放，也必然地伴随着“阵痛”。蒸汽机变革了手工作坊；汽车运输业的发展将人力车运输淘汰出局，这无疑是社会的发展和进步。当前的下岗和失业问题，也就是我国计划经济条件下的传统工业转变过程中的一种“阵痛”现象，是一种社会发展和进步的需要，也是我国社会生产力由发展转向停滞、由适应转向不适应，进而突破停滞、走向新发展的客观现象和必然结果。在当今世界高新技术日新月异的形势下，企业原有的粗放型生产方式，已经严重危及到自身的生存和发展，若不调整生产格局，削减冗员，减轻负担，就摆脱不了困境，就难免会在市场竞争中淘汰出局，从而危及企业中的职工群众。近几年来，人们从实践中懂得了发展才是硬道理，社会主义的根本任务就是发展生产力。为了生存和发展的需求，必须坚决地走“鼓励兼并、规范破产、下岗分流、减员增效。实施再就业工程”的路子，这既是历史经验的总结，也是社会生产力大发展、大飞跃的必要准备。

经济结构调整和企业深化改革必然会涉及利益格局的调整。在这种调整中必须重视解决广大职工切身利益的保护问题。这是我们社会主义制度的根本要求。要处理好眼前利益和长远利益、局部利益和整体利益的关系。各地正在全面组织实施再就业工程，就是充分发挥政府、企业、劳动者和社会各方面的积极性，综合运用扶持和就业服务手段，帮助下岗和失业人员再就业的社会工程，也是促进社会生产力发展的希望工程，是社会发展对企业改革和劳动就业工作的迫切要求。应该看到，就业问题的根本解决，在于社会经济的更大发展。经济发展了，企业效益提高了，就为就业问题的根本解决准备了必需的物质基础。今天的下岗，正是为了今后的上岗。仅仅站在“下岗”“失业”的角度看，难免会认为不是一件好事，倘若站在促进国民经济和社会发展的大局高度，运用辩证的观点认识面临的下岗和失业问题，并努力促进矛盾的转化，就能够化不利为有利。困境中往往孕育着光明和进步，这也是社会发展的一贯规律。

当前，浙江省依然存在着“有人无事干”和“有事无人干”的现象，就业和招工“两难”并存局面尚未改变。这里既有观念上的问题，也有自身技术素质上的问题。陈旧的就业观念和脱离实际的择业意识，使一部分下岗和失业者“作茧自缚”，错失“再就业”的良机；职业技能单一，劳动力素质低下，不能适应新的发展中产业（如金融、房地产、旅游、环保、信息服务等）的工作岗位的要求，使一部分下岗和失业者只能望“岗”兴叹，自愧不如。俗话说，“艺高人胆大”“艺多不压身”。唯有如此，下岗和失业者才能在改革和发展的大潮中驾驭自我，社会也才能在其成员的共同努力下快速发展。

潘育萍作

领导干部要多看主流媒体

最近，在浙江省一次干部会议上，省委主要领导讲到，我们的一些党员干部不注重看党报党刊，却关注手机信息和花边新闻的现象要引起重视，要求党员，尤其是领导干部要多看《人民日报》《浙江日报》等党报党刊主流媒体。这一讲话切中时弊，笔者也有感而发。

党员尤其是领导干部把学习放在重要位置，持之以恒、手不释卷地学政治、学理论、学经济、学科技、学文化、学法律等，概是其身份职位和任务使命所决定的。这使我们再次领悟习近平同志主政浙江工作时在《之江新语》中指出“今日世界，一日千里，不学无从适应，不思无以应对”，强调“为政者需要学与思”“善学善思，善作善成，不断提高自己、充实自己，增强为人民服务

原载《浙江日报》2016年1月20日。随即被人民网、领导干部网、中国共产党员网、环球网、财经早餐等主流媒体全文转载。

的本领”，其旨义既明白深远，又精练管用，正是对党员，特别是领导干部要多看党报党刊等主流媒体的最好印证。

时下，我们的党员，包括年轻干部和领导同志对党报党刊等主流媒体读得少、看得少、用得少的现象具有一定的普遍性，究其因不外乎：一是以为互联网、新媒体时代看看电脑和手机微信及简报、小报，“快餐”式阅读足矣；二是忙碌于会议、活动、应酬，热切于“政绩”“形象”，以无暇、没空为“挡箭牌”；三是固步自封、夜郎自大作祟，认为“胸有成竹”“远水不解近渴”，以狭隘“经验主义”替代学养深造和知识补充。这些思想是不正确和要不得的，对工作事业危害定然不小：或会因头脑发热、思考欠熟、心底没数，而致路径不明、纲目不清、章法不知；或惯于从“小道道”“想当然”出发，而致决策失准、拍板失当，好心办了错事，好事变了坏事。

今天，我们正处于瞬息万变的信息时代，互联网加速发展，媒体传播日趋多样化，在学习便利便捷的同时，大量信息亦泥沙俱下、难遏其泛，从而主动或被动地接触和汲取这样那样的“精神食粮”，不知不觉地影响着受众的世界观和理想信念、立身观念。但就像书籍永远是帮助人类进步、社会发展的伟大工具，党报党刊等主流媒体是推动我国改革和发展的强大动力，其功能和作用在与时俱进中不断得到强化和提升，她及时、准确、全面地传递党中央的声音和号令，代言人民的意愿和主张。为预防低级趣味等不健康东西的侵蚀，保证共产党人思想的纯洁性、先进性，我们学习的方式方法需要有所选择、有所舍弃，可任何时候都应将党报党刊等主流媒体作为我们学习的首选项、主渠道。

理论是行动的先导，知识是前进的灯塔，而“才须学也，非学无以广才”。习近平总书记谆谆告诫我们：“我们的干部要上进，我们的党要上进，我们的国家要上进，我们的民族要上进，必须大兴学习之风，坚持学习、学习、再学习，坚持实践、实践、再实践。”“好学才能上进。中国共产党人依靠学习走到今天，也必然要依靠学习走向未来。”我们的党是学习型的政党，一以贯之地“博学之、审问之、慎思之、明辨之、笃行之”。秉持实事求是、理论联系实际是我党排除万难和执政兴国的重要法宝。新常态、新形势下，我们的同志必须具备精确驾驭全局的高明高超的领导水平和艺术，做到把中央的要求和人民的期待紧密结合起来，在兴一方发展，富一方百姓，树一方风气，保一方平安中出实招、办实事、求实效。要特别警惕本领的空虚恐慌、理智的捉襟见肘，避免思想的麻木不仁、观念的走偏落后，恪守“不放纵、不越轨、不逾矩”，这就须格外重视从党报党刊等主流媒体上领会掌握党的路线、方针、政策，用不折不扣的践行始终与党中央保持思想上行动上的高度一致。

“文变染乎世情，兴废系乎时序”“不谋全局者，不足以谋一域”。在全面建成小康社会的决胜阶段，实现中华民族伟大复兴中国梦新的伟大征程中，作为人民公仆的党员干部是群众的“一面旗”，领导同志是把握方向、谋划全局的“关键少数”，是党的坚强领导的关键因素，必须首先具备知行合一的中国特色社会主义核心价值观。习近平总书记强调：“核心价值观是一个民族赖以维系的精神纽带，是一个国家共同的思想道德基础。如果没有共同的核心价值观，一个民族、一个国家就会魂无定所、行无依归。”“当高楼大厦在我国大地上遍地林立时，中华民族精神的大厦也应该巍然耸立。”主流媒体正是构建中华民族精神文明大厦和核心价值观的钢筋铁骨，作为党的领导干部，理应以身作则，成为构建民族精神文明大厦的施工员、实践者。倘若连党员干部都不关注国家主流媒体，而像温水煮青蛙一样被动接受一些负面价值观的熏蒸，在洋洋自得中潜移默化，结果会使永葆党的先进性和创造性落空，国家民族的精神元气折损挫伤。故此，党员同志，尤其是领导干部应该把有益心智的学习作为一种追求、一种爱好、一种健康的生活方式。

“沉舟侧畔千帆过，病树前头万木春。”各级党员干部不仅须应势而动、顺势而行、审势而为，还须做到守道据德、作风严实、生活廉洁，在多做多干有利于国家和民众的正事中提高党组织的权威性和执行力，坚守“不要当平庸之辈，更不能当昏聩之徒，而是要做有为之人”。现实中也有所见闻一些党员干部因放松学习导致党性不强、信仰不再、进取不足，堕落至“学之不讲、德之不修”。比如，有的背离执政为民宗旨，脱离群众、高高在上；有的尸位素餐，优哉游哉，做一天和尚撞一天钟；有的迷失方向、随意任性，不作为、乱作为，甚至违纪触法，凡此种种而渐渐滑向千夫所指、党纪国法所不容的深渊，在万分懊悔中度余生，实是可憾可叹、可鉴可戒！主流媒体以传播弘扬正能量为担当、为己任，对我们的同志起到政治定力、精气提振和纪律校正、防微杜渐作用。党员，特别是领导干部多看主流媒体，方能践行“干在实处永无止境，走在前列要谋新篇”的新使命，方能坚持在解放思想中治国理政，方能用“五大发展理念”开创和谱写“四个全面”战略布局的新篇章！

潘育萍作

领导干部要有社会主义家国情怀

家国情怀是一个人对自己国家和人民所表现出来的深情大爱，是对国家富强、人民幸福所展现出来的理想追求。它是对自己国家一种高度认同感和归属感、责任感和使命感的体现，是一种深层次的文化心理密码。而社会主义家国情怀是推进社会主义核心价值体系建设的重要举措。作为领导干部，一定要有社会主义家国情怀。

习近平总书记曾在给他父亲的一封信中说："您用自己的博大的爱，影响着周围的人们，您像一头老黄牛，为中国人民默默地耕耘着。这也激励着我将自己的毕生精力投入到为人民服务的事业中，报效养育我的锦绣中

原载《浙江日报》2017 年 8 月 15 日。随即被中国搜索全文转载。中国搜索，系由人民日报、新华通讯社、中央电视台、光明日报、经济日报、中国日报、中国新闻社联合组建的互联网媒体。

华和父老乡亲。”习总书记的社会主义家国情怀在为人民服务的实践中不断彰显和丰富：从“重视家风”，指出“家庭是人生的第一所学校”，到全党注重家庭、家教、家风的执政实践；从“以人民为中心”，指出“小康不小康，关键看老乡”，到进村入企，走进人民的串串脚印；从“从严治党”，指出“我们党把党风廉政建设和反腐败斗争提到关系党和国家生死存亡的高度来认识，是深刻总结了古今中外的历史教训”，到铁腕反腐，赢得民心党心；从“实干兴邦”，指出“国家好、民族好，大家才会好”，到中国经济的再发展；从“大国外交”，提出“人类命运共同体”理论，到中国在世界上的地位和作用迅速提高等，习总书记的社会主义家国情怀都是我们领导干部看齐的标杆。

领导干部是治国理政的骨干力量，必须立足本职，扎根人民群众，才能在实现“两个一百年”奋斗目标和中华民族伟大复兴的中国梦的伟大征程中，不辱使命、不忘初心。领导干部要有社会主义家国情怀，是必须要下功夫研究的一个新课题。

首先，要讲信念重德政。领导干部必须要坚定共产主义理想和社会主义信念，努力践行全心全意为人民服务的宗旨，以人民是否满意为检验领导干部德政的重要标准。坦坦荡荡做人、干干净净做事，杜绝政治上变质、经济上贪欲、道德上堕落、生活上腐化。

其次是要讲责任重奉献。领导干部是治国理政的骨干力量，是人民群众的主心骨。在今天民族复兴的伟大征程中，一定要有历史使命感和政治责任感，在其位、谋其政、尽其责，为中华民族复兴勇担当、善作为、重奉献、求实效。

最后，是要讲“大我”轻“小我”。古人有“先天下之忧而忧，后天下之乐而乐”的家国情怀，当下的领导干部更应有“天下为己任”的社会主义家国情怀！“富贵无顶”，钱多少算多？官多高算高？名多大算大？一定不要有“小我”思维，终日私心私欲、永无宁日。要有“大我”思维，要有社会主义家国情怀，要有领导干部的气节气概、风范风貌，在有限的生命时空中，为党和人民事业做成些实事、好事、利国利民之事。总之，领导干部要有社会主义家国情怀，是国之需、党之要、民之盼！

领导干部要讲管用的话

讲话是人的思想观点和能力水平的展现，同时也是一个人立场、态度和情感的表达。领导干部讲话，则是其工作方法的体现，领导艺术和技巧的反映，代表着其所在党政机关部门或机构的形象。作为领导干部，一定要讲管用的话。

早在2005年，习近平同志主政浙江时就曾指出："有少数干部不会同群众说话，在群众面前处于失语状态。"时至今日，仍有许多领导干部不会讲话。比如，有的喜欢讲假话，台上大讲清正廉洁作表率，台下违纪违法进牢房；有的喜欢讲大话，空头支票满天飞，一地纸屑如

原载《浙江日报》2017年2月18日。后被中国搜索全文转载。中国搜索，系由人民日报、新华通讯社、中央电视台、光明日报、经济日报、中国日报、中国新闻社联合设立的互联网媒体。

爆竹；有的喜欢讲狠话，蛮横无理我怕谁，贻害无穷毁事业；有的喜欢讲套话，开口不离秘书稿，照本宣科无思想；有的喜欢讲疯话，雷人之语频频出，语不惊人死不休；有的喜欢说长话，跑题万里无主题，听众如坠云雾里……凡此种种，令群众十分反感，严重影响了党员干部的形象。

当前，我们正处在全面从严治党的深化期、全面深化改革的关键期，领导干部肩负着宣传、组织、动员群众的重任，既要宣传阐释党的路线方针政策和决策部署，又要经常回应社会热点和公众关切。如果领导干部只会讲一些假话、大话、空话、套话、疯话、长话、官话，势必割断党和人民群众的血肉联系，造成不良的社会影响。

习近平同志在《之江新语》中写道："语言的背后是感情、是思想、是知识、是素质。不会说话是表象，本质还是严重疏离群众，或是目中无人，对群众缺乏感情；或是身无才干，做工作缺乏底蕴；或是手脚不净、形象不好，在人前缺乏正气。"

深刻剖析领导干部不会讲话的原因，不外乎以下三个层面：从思想层面上来说，是官僚主义思想在作祟，是靠权力树威信的意识在作祟，觉得自己高高在上，讲话打官腔，对群众的诉求不闻不问，张口就把群众噎住，三言两语就把群众打发，公仆意识极度缺失。从工作层面上来说，是平时疏于学习、缺少调查研究，对党的政策、路线和方针政策学习、理解得不够透彻、深入，没有在工作中做到多听、多问、多看、多思，以致一讲话不是空话连篇、言之无物，就是议论空泛、套话成串，对问题说不清、说不深、说不透，更谈不上工作的落地和执行了，正所谓“言之无文，行而不远”。从个人层面来说，是平时不注意提升自身修养、丰富自身学识，只好照本宣科、生搬硬套，讲一些假话、大话、空话、不管用的话。

“空谈误国，实干兴邦”。领导干部不会讲话、不讲管用的话，上升到误国、误民的高度绝非危言耸听。因此，领导干部讲管用的话，是必须要下功夫研究的一个新课题。

首先，领导干部要多读书、多学习，打好“基本功”。潜心学习领会党的方针、政策、路线，将党的方针、政策、路线读懂吃透。打好了这些“基本功”，领导干部在讲话时的语言运用才会准确、真实、通俗、新鲜、有内涵、有深度，讲出来的话才能言之有物，引发群众共鸣，触及人的心灵，这样的话才是管用的话。

其次，领导干部要勤调研，躬身“接地气”。“没有调查就没有发言权”，领导干部只有走入一线勤调研，才能增进与群众的感情，了解群众的关切，知晓方针政策实施的着力点，讲话时也自然会少说些“官话”、多说“人话”，少说“普通话”、多说“地方话”，这样讲话就会有的放矢，讲出来的话才管用。

最后，领导干部要讲真话、短话，拒绝“八股腔”。领导干部讲话不能敷衍成篇、无病呻吟，讲话要有思想、有针对性，贵在真和精，做到言真意切，有话则长，无话则短，这样的话才是管用的话。

讲话方式和内容的变化，往往能折射出社会的变迁。而领导干部讲话方式和内容，体现的是一种执政为民的理念，一种求真务实的作风。要实现中华民族伟大复兴的中国梦，要靠领导干部这个“关键少数”带头。而对领导干部来说，讲管用的话正是一项必需的修炼。

第三部分

七彩人生

感恩与责任

回顾近代中国历史，曾有无数仁人志士上下求索、谋求中华民族的伟大复兴，却都以失败告终。是中国共产党，也唯有中国共产党，带领中国人民坚守立党为公，执政为民的信念，前赴后继，坚韧不屈、艰苦卓绝，抛头颅，洒热血，赢得了国家的独立和民族的解放。

当下中国在中国共产党的领导下，政治文明、经济发达、文化繁荣、生态优美、社会和谐、百姓安康。奥运成功举办、世博成果丰盈、灾区新城崛起、“神九”飞天、“蛟龙”探海、13多亿国人的小康、G20峰会上中国承诺增资IMF430亿美元……所有这一切，彰显了大国的责任和实力。世界瞩目着中国，中国改变着世界。

就拿我个人来说，没有共产党的领导，没有组织的教育和培养，没有老同志、老党员的传、帮、带，我不可能20岁入党，不可能有机会就读于军队院校和中央党

原载《浙江法制报》2013年6月30日。

校，不可能走上领导干部岗位，更不可能在今天与家人和朋友一起享受康乐、幸福的生活。

为什么我们愿将中国共产党比作自己的母亲，因为我们将与她同荣辱、共命运！尽管当下中国社会尚存一系列局部问题，尽管国际形势风云变幻，但是，我们坚信党的伟大、光荣和正确，坚信党的战无不胜，坚信党会不断加强和完善自我，解决好发展中的矛盾和问题，并带领中国人民不断从胜利走向胜利，从辉煌走向辉煌。

作为一名普通党员，该用什么来报答党呢？唯有立足本职、履行好一个共产党员的神圣职责，为党的事业添砖加瓦。

中国有8000多万名中共党员。每个党员，必须始终坚持在政治上、思想上、组织上与党中央保持高度一致，特别是在大是大非面前立场坚定、旗帜鲜明，并不断提高自己的政治意识和政治敏感性，不断提高自己的政治修养和政治理论水平。

党的事业是靠每个党员的敬业努力来完成的。每个党员，特别是党员领导干部，必须紧紧围绕党委政府的工作大局，按照岗位分工，带好队伍、抓好业务、管好廉政，努力做到日常工作抓规范，重点工作抓亮点，难点工作抓突破。

家庭是社会和谐的细胞。每个党员，都要与时俱进地准确定位好自己所处家庭角色的责任，并且认真履行，与家人一起努力去打造爱国守法、明礼诚信、和睦温馨、勤俭自强、敬业奉献的家庭。

让我们始终紧密团结在以习近平为核心的党中央周围，像深爱自己母亲那样去深爱我们的党，无限深情而又坚定不移地去捍卫我们的党、建设我们的党、完善我们的党、发展我们的党，使我们伟大的祖国永远立于世界强者之林，人民永远安康幸福！

潘育萍作

成功与娱乐

要是我说：下围棋观念＋打桥牌精神－搓麻将方式＝成功，你信吗？

其实，这也是干事业的三种方式。

一是下围棋式——一切从全局出发，着眼长远利益，为了整体的需要和最终的胜利，可以牺牲局部的某些棋子。

二是打桥牌式——针对另外两家组成的联盟，自觉地与对方协作，统一行动，步调一致地展开激烈竞争，以联合的力量战胜对手。

三是搓麻将式——孤军作战，看住上家，防范下家，扼住对家，自己"和"不了，也决不让别人"和"。

这里且不谈三种活动的竞争规则，仅从娱乐方式来说，很能发人深思。在当今大协作时代，全局第一的下围棋观念值得大力提倡；密切合作的打桥牌精神应当认

原载浙江省劳动厅主办《浙江劳动》1996年第8期。

真效仿；孤军作战的搓麻将方式必须唾弃。

干事业，特别是干党的事业，干人民的事业，必须把全局观和协作精神有机地结合起来，同时要坚决地扼制孤军作战等不当方式的干扰。在大局下行动，在协作中前进，在抗干扰中取胜。所以：

成功 = 下围棋观念 + 打桥牌精神 - 搓麻将方式。

潘育萍 作

前进！祖国统一的列车

历史的狂涛排山倒海般地涌到了21世纪的岸边。

当历史的车轮即将隆隆地驰过20世纪终点之际，1999年12月20日，中华人民共和国将对澳门恢复行使主权和尊严。这是继1997年香港回归祖国、彻底摆脱异国殖民统治两周年后，中华儿女续圆的又一个统一之梦。

岁月流逝。时间追溯到1553年，葡萄牙殖民主义者采取卑劣的手段占据了澳门，最终使这一地区脱离了中国政府的统属，成为帝国主义强权霸占的乐土；鸦片战争后的1842年，英国人又以坚船利炮割占了香港，使“东方明珠”蒙辱不堪；1949年，国民党逃亡台湾，又借助美帝的势力，将台湾和大陆分割开来，造成了血肉同胞的分离。

“天苍苍，野茫茫；山之上，国之殇！”在此世纪之交的历史时刻，回首过去，灾难深重的中华民族，为

原载浙江省劳动厅主办《浙江劳动》1999年第9期。

了抗击外来的侵略和掠夺，前赴后继，奋力抗争。多少次腥风血雨，多少个惊涛骇浪，永不能忘！百年风雨，百年荣辱，百世浮沉。香港、澳门、台湾，长长的分离，难言的归梦。如今，“一国两制”的旗帜，飘到了香港，又将飘到澳门，更呼唤着海峡对岸的台湾。

澳门——祖国的儿子，情丝缕缕不可断。长久的分离，深沉的呼唤。在中国共产党的英明领导下，在中华人民共和国成立50周年大庆之际，你终于将回归到祖国母亲的怀抱。举国上下，为你的回归欢呼，世界人民为你的回归赞叹！

在这个时间、空间、人间、尘世间星转斗移的世纪末尾，在这个家事、民事、国事、天下事沧桑变迁的年代，成立已达50周年的中华人民共和国，更加巍然屹立在世界的东方。万里长风中猎猎飞舞的五星红旗，映红了大地，映红了天空，温暖着世界各地华夏子孙的心房。

然而，我们也期待着结束海峡对岸同胞的分离，翘首盼望着祖国宝岛和大陆的统一。中国只有一个，万无分立之理。窄窄的一泓海水，阻断了多少中国人的骨肉亲情。极目乡关何处是？茫茫东海去云浮。我们的祖国缘何分立？祖国又何时能完整统一？千百年来，多少先贤俊杰，多少志士仁人，为了谋求祖国的统一，甘献头颅，甘洒热血。求统一之志，代代相传。记得南宋著名爱国诗人陆游曾经以《示儿》诗遗赠其子：“死去元知万事空，但悲不见九州同。王师北定中原日，家祭无忘告乃翁。”如今，乘着香港回归问题和平解决的浩荡春风，我国政府不失时机地与葡萄牙政府进行友好磋商和谈判，中国统一的列车，隆隆前进的车轮，无论是谁也不可能阻止。在“一国两制”的旗帜下，时间的推移应该会抚平两岸分离的创伤，换回祖国统一的东风。

世空的大变迁，世事的大开放，将使21世纪的中国更加光辉灿烂。统一祖国，反对分裂，永远是民心所向，历史即将翻开新的篇章。让我们更加紧密地团结起来，为祖国统一，为振兴中华，为更加辉煌的明天而奋斗！

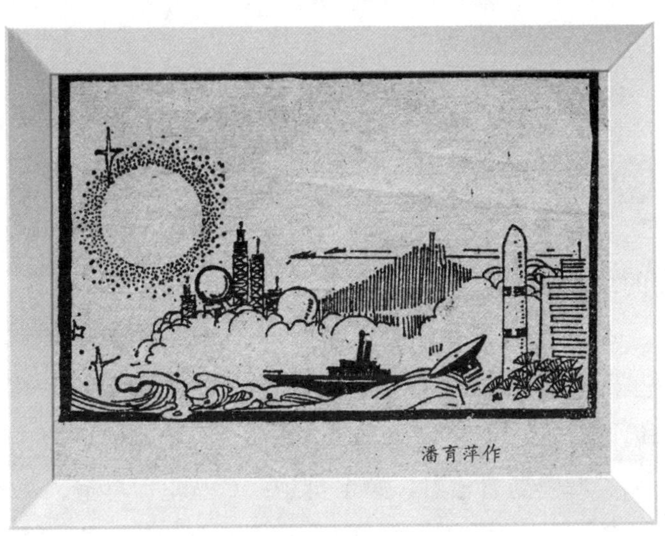

潘育萍作

感悟窝依加依劳夏牧场

今年八月，我们驱车沿着茫茫戈壁，走进了新疆美丽的窝依加依劳夏牧场。

初进牧场，我们马上便被眼前所见的风光吸引了。这里四周山峦起伏，沟壑纵横，花草遍地。无数的牛羊，远远近近随处可见，牧人则骑着高头大马怡然信步。湖畔，黄鸭、海鸥随意栖息，嬉水自乐；草丛里，旱獭、灰鼠穿梭往来，倏尔不见。在这里，人与自然已经融为一体，所有尘世的喧嚣已经抛诸九天之外，心灵的尘埃也在这里得以涤尽。

走进牧民的毡房，炕头都整齐堆放着花花绿绿的被子，墙上极富文化韵味地挂了些图案各异的壁毯，桌上摆满了新疆牧场美食，如烤全羊、手抓羊肉、羊杂碎、风味拌面、“马奶子”等。新疆太多的日照，使牧民的

原载浙江省劳动厅主办《浙江劳动》2000 年第 12 期。

皮肤被过量的紫外线照成了黑红。然而，一双双健康而充满活力的眼睛，是那样地光彩照人而又饱含热情。他们不停地为我们载歌载舞，歌声或悠扬婉转，或激越高亢，或跌宕起伏，或自由奔放……美妙的旋律，具有极强的穿透力和感染力，如同天上飘来的神曲，随着朵朵白云向心灵深处飘去，令人无限遐想。我们吃着牧场的美食，喝着牧场的“马奶子”，看着牧场的歌舞，尽情地享受着牧场的饮食文化、风土人情。眼前发生的一切不由得让我们感叹：二十世纪末的中国牧民，在中国共产党的英明领导下，坚持民族区域自治，在与大自然的顽强抗争中，不仅炼就了豁达坦荡的胸怀，悠然乐观的性格，而且拥有坚定不移的信仰、富裕的生活以及刷新人类文明的气魄。

当地的同志介绍，1978 年以前，窝依加依劳夏牧场没有一座像样的毡房，只有一些破旧简陋的毡房，牧民们靠天吃饭成为定律，不愿接受新事物。十一届三中全会的春风给窝依加依劳夏牧场带来了生机。去年底，该牧场牧畜存栏数达 45236 头（只），农牧业生产总收入 949 万元，比 1998 年增长了 12%。422 户牧民中已有 319 户搬进了定居点。不少牧民在家里安上了程控电话、电视机、收录机，拉近了与外界的距离，开阔了眼界。在建设社会主义市场经济中，牧民们解放了思想，其商品意识普遍提高，他们积极发展二、三产业，进一步提高了自己的生活水平。

窝依加依劳夏牧场是我国新时期社会主义牧场建设

的典范之一，在改革开放的大潮中，响应党的号召，走出家门，艰苦创业，立足自身的传统优势，在全国市场的大流动大竞争环境中，重新回归原有的集体经济，成功走出一条共同富裕的道路，鲜活地体现了社会主义本质的理论映照和归宿。

参观完窝依加依劳夏牧场，我们惊诧于牧民的勤奋以及取得的惊人成就，同时，也深深地感到窝依加依劳夏牧场毕竟成长于落后的农村环境，传统的历史文化、落后的人文环境以及难以克服的个人文化素质，仍然形成一股巨大的合力，影响其辉煌之后的持续发展。这也提示着我们，新生事物出现之后，我们应该怎样使之形成一股社会潮流，吹好西部大开发的号角，推动社会健康地向前发展。正如窝依加依劳夏牧场创业之始所追求的，实现牧民生活的富足，同时也要建设高度的精神文明，彻底实现社会主义现代化的文明昌励。其经验和教训，我们应该认真总结和研究，从中找出指导中国西部农村乃至中国农村快速健康发展的方法和规律，使其成功的星星之火在中华大地燃成燎原之势。

告别了牧场，踏上归程，我们沉思不语，浮想联翩，一如那牧场无边际的大草地……

潘育萍作

美丽课堂

生命之中，令我感到极其快乐和眷恋的时光是每天晚间牵手女儿走进西子湖畔的美丽课堂。

美丽课堂完全没有压抑的教室，沉重的课业，乏味的说教，倦容的学生；有的只是碧波荡漾的湖水，荡着双浆的小舟，迎风起舞的杨柳，五彩斑斓的光束，错落有致的建筑；有的只是欢颜笑语的人群，静走慢跑的身影，多元思维的碰撞，古今文化的激越，中华美德的展示，百姓生活的回望。

每天我和女儿惜别西子湖畔，总是收获满满，景之美丽，人之幸福，文之深远，国之强大，令人感慨，令人感动，令人奋进。

我们以为，最美丽的课堂是走进自然，最需要的教育是终身教育，最智慧的老师是人民群众。

原载《浙江新闻》。

潘育萍作

简朴，值得

近日，我去某省会城市出差，公务结束后去看望了多年未谋面的大学女友。

好友重逢，人生幸事。女友驾着豪车、穿着大牌、珠光宝气、晚妆精致，却怨声载道：所有工作日的傍晚，这个城市天天拥堵，车满为患。女友从乡间别墅出发，进城后一直处于拥堵中。日常进城，总要在拥堵的路上耗费大量时间。女友已经极其厌烦这种年复一年、日复一日的生命状态。

我十分理解女友心境。尽管女友的生活已经极其富有奢华，但毕竟每个人的生命都是由时间构成的。懂得珍惜自己生命的人一定极其珍惜时间。人的一生中，如果需要把很多时间耗费在毫无意义和价值的行车路上，生命无疑有憾。

简朴，于国家于个人都是值得大力倡导的。

原载“中国搜索”2017年4月15日。

于国家，如春秋战国，齐国的昌盛与物质富足在当时堪称一流。齐国人乐享奢华生活，但齐国最终却被物质匮乏且生活极其简朴的秦国灭亡。

中华人民共和国成立以来，我党一直倡导艰苦奋斗、国强民富的理念。特别是党的十八大以来，党中央对“三公”经费、出国公务、私设金库、文山会海、文风会风等铺张浪费、追求奢华的丑恶现象重拳出击，从严治理，追责问责，成效显著，大快人心，利国利民。

于个人，纵观历史上的贪官污吏，个个都是精神缺钙、滥用职权、践踏法纪、人格分裂，最终皆因腐败而家破人亡，被时代和社会所唾弃。

我记得，在我国书画界有位书画人家，感动且影响了很多人。他的书画作品很早就被国内外媒体报道且被博物馆收藏。他的确不缺钱。他在国内外默默资助了相关慈善机构，但他从不求回报，既不张扬，也不宣传。他的生活极其简朴，布衣布鞋、粗茶淡饭、种地养狗、闭门谢客、散步挥毫、体健心宁，从不为物质和虚名所累。

简朴，不仅是物质表象，更是治国理家、个人境界的重要元素。

简朴，值得。

潘育萍作

我的朋友

我的朋友和我相隔万里。

拥有他时，我常常用很多很多的时间去想念他。恨不得从此与他失去了联系才好！

电话铃声一响，就会急切地拿起电话，仿佛就是那亲切而又熟悉的声音。其实不然。

邮递员一到。眼睛会情不自禁地从邮递员的手中，飞到那五彩缤纷的遐想地带。

可我总觉得他和我形影不离。无论吃饭、睡觉、行走时，他总是默默地看着我。只要我们四目相视，我就能读懂他眼中的语言。

我的朋友很穷很穷，穷得连我都感到惊讶！除了肩上扛着一颗智慧的脑袋之外，其他啥都没有，可他居然还有本事帮我成为富翁。去年，我辞职经商时，他给我寄来了“方案、措施、经验、教训、安慰、激励……”

原载《杭州青年》1988 年第 6 期。

满满一堆诱人的“高级人民币”。如今我已有了十几万的存款。

我的朋友好狠好狠！狠得让我暗暗发誓永不再见他。每次我们分别，他都从不理睬我，气得我涌上喉头的万语千言什么也不想讲。各忙各的，熬过临别前的白天与黑夜，就这么“拜拜”了。其实“思念总在分别后”。

我的朋友很有味儿很有味儿。

那味儿还相当正。一天，他趴在单位值班室窗前，发现停车厅里，科长拔掉了别人自行车上的气门塞，拧到了自己的自行车上。不假犹豫地，他便大声嚷了起来：“哎……科长兄弟……”那一刻不能容忍丑恶的心理，使他什么都不怕，什么都不在乎。

信不信由你，我的朋友就是这样。

女水兵情怀

雨滴飘落
夏季的最后一朵玫瑰
开了又谢

春风扑面
人会将最美的一面呈现世间
欲哭还迎

深海踏浪
洁白的浪花荡漾给我
含笑冥想

步履匆匆
生命在蓝天白云间
渐行渐远

原载“中国搜索”2017 年 8 月 2 日。

后记

后记

选用本人部分文章和画作付印成书，书中所录文章和画作均保持了过往发表时的原貌，意在反应本人的成长经历和心路历程。

非常感谢多年来关心支持的领导、师长、同事、同学、好友亲朋。

非常感谢上海社会科学院出版社徐忠良和裘幼华同志，在本书出版过程中给予我的关心指导、帮助支持！

书中不妥之处，敬请大家不吝赐教。

潘育萍

2017年10月20日写于杭州

图书在版编目(CIP)数据

平和简静 / 潘育萍著. 上海: 上海社会科学院出版社, 2017
ISBN 978-7-5520-1712-0

Ⅰ. ①平… Ⅱ. ①潘… Ⅲ. ①中国文学－当代文学－作品综合集 Ⅳ. ①I217.2

中国版本图书馆CIP数据核字(2017)第275992号

平和简静

著　　者：潘育萍
责任编辑：徐忠良　周洁磊
整体设计：裘幼华
出版发行：上海社会科学院出版社
上海顺昌路622号　邮编200025
电话总机 021-63315900　销售热线 021-53063735
http://www.sassp.org.cn　E-mail:sassp@sass.org.cn
印　　刷：上海万卷印刷股份有限公司
开　　本：890×1240毫米　1/32 开
印　　张：5
插　　页：6
字　　数：97千字
版　　次：2017年12月第1版　2017年12月第1次印刷

ISBN 978-7-5520-1712-0/I·267　定价：58.00元